U0038108

看IG學英文編輯群——著

透過熱搜話題、時事哏學單字，
輕鬆提升字彙力！

# 本書使用說明

還記得你的國、高中 1200 單、7000 單單字書嗎？讓你最熟悉的是不是「A 開頭」的那些單字呢？想好好背英文，但幾乎結果都是「A」bandon。極少人有足夠的毅力將整本背完的原因，其實就是因為按照字母排序的方式，在字與字之間缺少了關聯性，就算你很努力地撐到「E 開頭」，但「A 開頭」也忘得差不多了。

這本單字書不再是把「A 單字」排到「Z 單字」，而是將單字「主題化」、「生活化」！蒐集你「生活中會用到」的單字，接著將它依據不同的主題分類，讓你在字與字之間找到關聯，搭配主題圖像及意境來認識單字，不僅快速吸收，重要的是也不容易忘記！

另外，我們將延續「看 IG 學英文」的學習風格！本書最後有簡單的小測驗，我們「抽考」了幾個主題及單字，透過主題再次加深印象，如果真的忘記了也別擔心，題目下方附有「複習路徑」，即時重溫你的記憶！

現在，就跟著我們一起快樂學習吧！

## 校園篇



## 職場篇

## 日常篇



## 兩性篇

## 網路篇



## 旅遊篇



## 美食篇

## 娛樂篇



## 話題篇



## 考考自己：

# 校園篇

# 別說沒做過

**cheat**

[tʃit] v.
作弊

**cram**

[kræm] v.
死記硬背

**skip class**

[skɪp][klæs] ph.
翹課

**flunk**

[flʌŋk] v.
不及格

**note passing**

[not][`pæsɪŋ] n.
傳紙條

**mobile game**

[`mobɪl][gem] n.
手遊

**idiocy**

[`ɪdɪəsɪ] n.
白痴的行為

**after school class**

[`æftɚ][skul][klæs] n.
補習班

**graduation trip**

[ˌgrædʒʊ`eʃən][trɪp] n.
畢旅

**crush**

[krʌʃ] n.
迷戀

◇◇◇◇◇◇◇◇◇◇◇◇◇◇◇◇◇◇◇◇◇◇◇◇◇◇◇◇◇◇◇◇◇◇◇◇◇◇◇◇

I have to ***cram*** for my test, or I will flunk and then my mom will not let me go on the graduation trip.
我必須臨時抱佛腳，否則考不及格的話，我媽會不讓我去畢業旅行。

# 講話的站起來

| gossip | noisy |
|---|---|
| [ˋgɑsəp] n. | [ˋnɔɪzɪ] adj. |
| 八卦 | 吵鬧的 |

**loud**

[laʊd] adj.
大聲的

**whispering**

[`hwɪspərɪŋ] adj.
耳語的

**punishment**

[`pʌnɪʃmənt] n.
懲罰

**stand up**

[stænd][ʌp] ph.
站起來

**order**

[`ɔrdɚ] n.
秩序

**chatterbox**

[`tʃætɚˏbɑks] n.
喋喋不休的人

**small talk**

[smɔl][tɔk] ph.
閒聊

**chat**

[tʃæt] v.
聊天

◇◇◇◇◇◇◇◇◇◇◇◇◇◇◇◇◇◇◇◇◇◇◇◇◇◇◇◇◇◇◇◇◇◇◇◇◇◇◇◇◇◇◇◇◇◇◇◇◇◇◇◇◇◇◇

The teacher said that if Jimmy finds somebody ***whispering***, then he can sit down.
老師說，如果 Jimmy 找到下一個在竊竊私語的人就可以坐下。

# 我的同學

**nerd**

[nɝd] n.
書呆子

**genius**

[`dʒinjəs] n.
天才

**hipster**

[`hɪpstɚ] n.
文青

**brat**

[bræt] n.
屁孩

**loner**

[`lonɚ] n.
邊緣人

**nark**

[nɑrk] n.
告密者

**bodybuilder**

[`bɑdɪbɪ!dɚ] n.
健身狂

**troublemaker**

[`trʌb!ˏmekɚ] n.
惹麻煩者

**jock**

[dʒɑk] n.
運動健將

**class clown**

[klæs][klaʊn] n.
開心果

---

My homework was done by the ***nerd*** named Louis.
我作業都是靠那個叫 Louis 的書呆子幫我寫的。

# 關於朋友

**sob**

[sɑb] v.
啜泣

**empathy**

[`ɛmpəθɪ] n.
同理心

**echo chamber**

[ˋɛko][ˋtʃembɚ] n.
同溫層

**party pooper**

[ˋpɑrtɪ][pupɚ] n.
掃興的人

**crybaby**

[ˋkraɪˏbebɪ] n.
愛哭鬼

**longwinded**

[ˋlɔŋwɪndɪd] adj.
講話沒重點

**cheapskate**

[ˋtʃipˏsket] n.
小氣鬼

**lippy**

[ˋlɪpɪ] adj.
愛頂嘴的

**secret**

[ˋsikrɪt] n.
秘密

**prank**

[præŋk] n.
惡作劇

◇◇◇◇◇◇◇◇◇◇◇◇◇◇◇◇◇◇◇◇◇◇◇◇◇◇◇◇◇◇◇◇◇◇◇◇◇◇◇◇◇◇◇◇◇◇◇◇

It's April Fool's Day next week, we need to plan a ***prank*** on the teachers!
下禮拜愚人節，我們計畫對老師惡作劇。

# 四眼田雞

**nearsightedness**

[ˋnɪrˋsaɪtɪdnɪs] n.
近視

**nearsighted**

[ˋnɪrˋsaɪtɪd] adj.
近視的

**farsightedness**

[`fɑr`saɪtɪdnɪs] n.
遠視

**farsighted**

[`fɑr`saɪtɪd] adj.
遠視的

**astigmatism**

[ə`stɪgmə͵tɪzəm] n.
散光

**contact lens**

[`kɑntækt][lɛnz] n.
隱形眼鏡

**disposable**

[dɪ`spozəb!] adj.
用完即丟棄的

**frame**

[frem] n.
鏡框

**bespectacled**

[bɪ`spɛktək!d] adj.
戴眼鏡的

**eye drops**

[aɪ][drɑps] n.
眼藥水

◇◇◇◇◇◇◇◇◇◇◇◇◇◇◇◇◇◇◇◇◇◇◇◇◇◇◇◇◇◇◇◇◇◇◇◇◇◇◇◇◇◇◇◇◇◇◇◇◇◇◇◇◇◇◇◇◇◇◇◇

Oh god! I forgot to take out my ***contact lens*** before I fell asleep.
完了！我忘記拔掉隱形眼鏡就睡著了！

# 打球小心

**bruise**

[bruz] n.
瘀青

**cramp**

[kræmp] n.
抽筋

**sprain**

[spren] n.
扭傷

**dislocation**

[ˌdɪslo`keʃən] n.
脫臼

**scrape**

[skrep] n.
擦傷

**injured**

[`ɪndʒɚd] adj.
受傷的

**fracture**

[`fræktʃɚ] n.
骨折

**blister**

[`blɪstɚ] n.
水泡

**jammed finger**

[dʒæmd][`fɪŋgɚ] n.
吃蘿蔔（指關節挫傷，籃球用語）

**strain**

[stren] n.
拉傷

Even with my ***sprained*** ankle, I can still beat you!
即使我扭傷了腳踝，依然可以打敗你！

# 放暑假囉

**couch potato**

[kaʊtʃ][pə`teto] n.

電視迷

**sleep in**

[slip][ɪn] ph.

自然醒

**veg out**

[vɛdʒ][aʊt] ph.
耍廢

**party animal**

[`partɪ][`ænəm!] n.
派對動物

**outdoor activity**

[`aʊt͵dor][æk`tɪvətɪ] n.
戶外活動

**glamping**

[`glæmpɪŋ] n.
豪華露營

**staycation**

[ste`keʃən] n.
家中度假

**picnic**

[`pɪknɪk] n.
野餐

**travel**

[`træv!] v.
旅遊

**amusement park**

[ə`mjuzmənt][park] n.
遊樂園

---

After partying all night, I can't wait to *veg out* all day.
經過昨晚的派對後，我等不及耍廢一整天了。

# 做人處事

**respect**

[rɪ`spɛkt] v.

尊重

**friendly**

[`frɛndlɪ] adj.

友善的

**accommodate**

[ə`kɑmə͵det] v.
包容

**straightforward**

[͵stret`fɔrwɚd] adj.
老實的

**worldly**

[`wɝldlɪ] adj.
圓融的

**inexperienced**

[͵ɪnɪk`spɪrɪənst] adj.
涉世未深的

**humility**

[hju`mɪlətɪ] n.
謙卑

**arrogant**

[`ærəgənt] adj.
囂張的

**envy**

[`ɛnvɪ] v.
妒忌

**vanity**

[`vænətɪ] n.
虛榮

For you to be a ***worldly*** person, you need to have respect, empathy, and humility for all different kinds of people.
為了成為一個處事圓融的人，你需要跟不同類型的人都打好關係。

# 拒絕霸凌

**bully**

[`bʊlɪ] v.
霸凌

**cyberbullying**

[`saɪbɚ`bʊlɪɪŋ] n.
網路霸凌

**mobbing**

[mɑbɪŋ] n.
集體霸凌

**aggressive**

[əˋgrɛsɪv] adj.
挑釁的

**oppose**

[əˋpoz] v.
反對

**intimidate**

[ɪnˋtɪməˏdet] v.
脅迫

**outcast**

[ˋaʊtˏkæst] n.
被排擠者

**ostracize**

[ˋɑstrəˏsaɪz] v.
排擠

**coercion**

[koˋɝʃən] n.
強迫

**abuse**

[əˋbjus] n.
辱罵

◇◇◇◇◇◇◇◇◇◇◇◇◇◇◇◇◇◇◇◇◇◇◇◇◇◇◇◇◇◇◇◇◇◇◇◇◇◇◇◇◇◇◇◇◇◇◇◇◇◇◇

Children who are ***bullied*** are more likely to suffer from depression and anxiety.
曾被霸凌的孩童更容易患上抑鬱症或焦慮症。

# 認識自己

**optimistic**

[ˏɑptə`mɪstɪk] adj.
樂觀的

**pessimistic**

[ˏpɛsə`mɪstɪk] adj.
悲觀的

**introverted**

[ˋɪntrəvɝtɪd] adj.
內向的

**extroverted**

[ˋɛkstroˋvɝtɪd] adj.
外向的

**courageous**

[kəˋredʒəs] adj.
勇敢的

**timid**

[ˋtɪmɪd] adj.
膽小的

**generous**

[ˋdʒɛnərəs] adj.
大方的

**stingy**

[ˋstɪndʒɪ] adj.
小氣的

**talkative**

[ˋtɔkətɪv] adj.
喜歡說話的

**taciturn**

[ˋtæsəˏtɝn] adj.
沉默寡言的

Kevin is too *optimistic*, and he thinks he is the most handsome guy in the world.
Kevin 樂觀地認為自己是世界上長得最帥的傢伙。

# 青春回憶

**rebellious**

[rɪ`bɛljəs] adj.
叛逆的

**military instructor**

[`mɪlə͵tɛrɪ][ɪn`strʌktɚ] n.
教官

**curfew**

[ˋkɝfju] n.
門禁

**youth**

[juθ] n.
青春時代

**night out**

[naɪt][aʊt] ph.
夜衝

**adolescent**

[ˌæd!ˋɛsnt] adj.
青春期的

**pimple**

[ˋpɪmp!] n.
青春痘

**part-time job**

[ˋpɑrtˋtaɪm][dʒɑb] n.
打工

**court**

[kort] v.
戀愛

**commencement**

[kəˋmɛnsmənt] n.
畢業典禮

---

I have all of these ***pimples*** because I stay up every night.
我臉上會有這麼多痘痘，都是因為我每天都熬夜。

# 用腦學習

**brain**

[bren] n.
大腦

**brainstorming**

[ˋbren͵stɔrmɪŋ] n.
腦力激盪

**brainchild**

[`bren͵tʃaɪld] n.
智慧結晶

**brainwash**

[`bren͵wɑʃ] n.
洗腦

**brain drain**

[bren][dren] ph.
人才外流

**brain fart**

[bren][fɑrt] n.
恍神

**scatterbrain**

[`skætɚ͵bren] n.
丟三落四

**brainteaser**

[`bren͵tizɚ] n.
腦筋急轉彎

**brainpower**

[`bren͵paʊɚ] n.
腦力

**brainless**

[`brenlɪs] adj.
無腦的

◇◇◇◇◇◇◇◇◇◇◇◇◇◇◇◇◇◇◇◇◇◇◇◇◇◇◇◇◇◇◇◇◇◇◇◇◇◇◇◇◇◇◇◇◇◇◇◇

Why I just have a ***brain fart*** that the class is over?
為何我只是恍神一下就下課了呢？

# 一詞兩意

**portmanteau**

[port`mænto] n.
混成詞

**motel**
motor（汽車）+ hotel（旅館）

[mo`tɛl] n.
汽車旅館

**brunch**
breakfast（早餐）+ lunch（午餐）
[brʌntʃ] n.
早午餐

**vlog**
video（影片）+ blog（部落格）
[vlɔg] n.
影音日誌

**frenemy**
friend（朋友）+ enemy（敵人）
[frɛnəmɪ] n.
亦敵亦友

**bromance**
brother（兄弟）+ romance（浪漫）
[broˋmæns] n.
兄弟情

**cyborg**
cybernetics（人工頭腦）+ organism（有機體）
[ˋsaɪbɔrg] n.
生化人

**flexitarian**
flexible（彈性的）+ vegetarian（素食者）
[ˋflɛksəˋtɛrɪən] n.
彈性素食者

**smog**
smoke（煙）+ fog（霧）
[smɑg] n.
煙霧

**cosplay**
costume（服裝）+ play（扮演）
[kɔsple] n.
角色扮演

Staying at a motel that offers free ***brunch*** is a terrific way to save money.
住在提供早午餐的汽車旅館是一種省錢的好方法。

# 職場篇

# 面試時刻

**interview**

[`ɪntɚ͵vju] n.
面試

**introduction**

[͵ɪntrə`dʌkʃən] n.
介紹

**resume**

[ˌrɛzjʊˋme] n.
履歷

**apply**

[əˋplaɪ] v.
申請

**vocation**

[voˋkeʃən] n.
職業

**opportunity**

[ˌɑpɚˋtjunətɪ] n.
機會

**hire**

[haɪr] v.
僱用

**fidget**

[ˋfɪdʒɪt] v.
坐立不安

**nervous**

[ˋnɝvəs] adj.
緊張的

**confident**

[ˋkɑnfədənt] adj.
自信的

◇◇◇◇◇◇◇◇◇◇◇◇◇◇◇◇◇◇◇◇◇◇◇◇◇◇◇◇◇◇◇◇◇◇◇◇◇◇◇◇◇◇◇◇◇◇◇◇◇◇◇◇◇◇◇◇◇◇◇◇◇◇◇◇◇◇◇◇◇◇◇◇◇◇◇◇◇◇

I think that I bombed that translator interview! I kept ***fidgeting*** and didn't know how to answer their questions.
我想我翻譯員的面試爆了！我一刻都坐不住，根本不知道如何回答他們的問題。

# 最佳員工

**conscientious**

[ˌkɑnʃɪˋɛnʃəs] adj.

認真的

**meticulous**

[məˋtɪkjələs] adj.

嚴謹的

**progressive**

[prə`grɛsɪv] adj.
進步的

**diligent**

[`dɪlədʒənt] adj.
勤勉的

**optimum**

[`ɑptəməm] adj.
最佳的

**attitude**

[`ætətjud] n.
態度

**workaholic**

[ˌwɝkə`hɔlɪk] n.
工作狂

**employee**

[ˌɛmplɔɪ`i] n.
員工

**commend**

[kə`mɛnd] v.
表揚

**honor**

[`ɑnɚ] n.
榮譽

◇◇◇◇◇◇◇◇◇◇◇◇◇◇◇◇◇◇◇◇◇◇◇◇◇◇◇◇◇◇◇◇◇◇◇◇◇◇◇◇◇◇◇◇◇◇◇◇◇◇◇◇◇◇◇◇◇◇◇◇

Star is a ***workaholic*** but we both make the same amount of money.
雖然Star是一個工作狂，但我們兩個賺的錢是一樣的。

# 去去小人走

**two-faced**

[`tu`fest] adj.
雙面的

**fence-sitter**

[`fɛns͵sɪtɚ] n.
牆頭草

**slacker**

[`slækɚ] n.
偷懶的人

**kiss-ass**

[`kɪs`æs] n.
馬屁精

**smart-ass**

[`smɑrt`æs] n.
自以為是

**egomania**

[ˌigo`menɪə] n.
自大狂

**blabbermouth**

[`blæbɚˌmaʊθ] n.
大嘴巴

**make mischief**

[mek][`mɪstʃɪf] ph.
搬弄是非

**shirk duty**

[ʃɝk][`djutɪ] ph.
推卸責任

**scapegoat**

[`skepˌgot] n.
代罪羔羊

---

Jack always talks bad about our boss behind his back, but always ***kisses*** our boss's ***ass***.
Jack 總是在背後說老闆的壞話，但在老闆面前就只會拍老闆馬屁。

# 什麼態度

**rebuke**

[rɪˋbjuk] v.
斥責

**provoke**

[prəˋvok] v.
挑釁

**insult**

[ɪn`sʌlt] v.
羞辱

**confront**

[kən`frʌnt] v.
對質

**loaf around**

[lof][ə`raʊnd] ph.
擺爛

**affectation**

[ˌæfɪk`teʃən] n.
裝模作樣

**backtalk**

[`bæktɔk] n.
頂嘴

**argument**

[`ɑrgjəmənt] n.
爭執

**feign**

[fen] v.
假裝

**random**

[`rændəm] adj.
隨便的

◇◇◇◇◇◇◇◇◇◇◇◇◇◇◇◇◇◇◇◇◇◇◇◇◇◇◇◇◇◇◇◇◇◇◇◇◇◇◇◇◇◇◇◇◇◇◇◇◇◇◇◇◇◇◇◇◇◇◇

If I don't talk back to my boss then I can ***loaf around***.
只要不跟老闆頂嘴，就可以一直擺爛下去。

# 請假一天

**headache**

[ˋhɛdˏek] n.

頭痛

**stomachache**

[ˋstʌməkˏek] n.

胃痛

**toothache**

[ˋtuθˏek] n.
牙痛

**muscle aches**

[ˋmʌs!][eks] n.
肌肉痠痛

**cramps**

[kræmps] n.
經痛

**sick leave**

[sɪk][liv] n.
病假

**marriage leave**

[ˋmærɪdʒ][liv] n.
婚假

**official leave**

[əˋfɪʃəl][liv] n.
公假

**personal leave**

[ˋpɝsn!][liv] n.
事假

**annual leave**

[ˋænjʊəl][liv] n.
年假

Yesterday, Peter took a ***personal leave***. Actually, he went to find another job.
Peter 昨天請了事假，其實是去找另一份工作。

# 拜託不要

**furlough**

[ˋfɝlo] n.
無薪假

**layoff**

[ˋleˏɔf] n.
停工

**pay cut**

[pe][kʌt] n.
減薪

**unemployment**

[ˌʌnɪm`plɔɪmənt] n.
失業

**dismiss**

[dɪs`mɪs] v.
解僱

**pick on**

[pɪk][ɑn] ph.
找碴

**work overtime**

[wɝk][ˌovɚ`taɪm] ph.
加班

**recall**

[rɪ`kɔl] v.
召回

**demotion**

[dɪ`moʃən] n.
降職

**preach**

[pritʃ] v.
說教

The U.S. has had the highest record rate of layoffs and ***unemployment*** this year.
今年美國停工、失業率都是歷年來新高。

# 累了一整天

**dog-tired**

[`dɔg`taɪrd] adj.
累得跟狗一樣

**exhausted**

[ɪg`zɔstɪd] adj.
筋疲力竭的

**overwork**

[`ovɚ`wɝk] v.
工作過度

**daylong**

[`de͵lɔŋ] adv.
整天地

**trance**

[træns] n.
恍惚

**run down**

[rʌn][daʊn] ph.
過度勞動而疲累

**doze off**

[doz][ɔf] ph.
打瞌睡

**crash**

[kræʃ] v.
昏睡

**weakness**

[`wiknɪs] n.
虛弱

**limp**

[lɪmp] adj.
無力的

◇◇◇◇◇◇◇◇◇◇◇◇◇◇◇◇◇◇◇◇◇◇◇◇◇◇◇◇◇◇◇◇◇◇◇◇◇◇◇◇◇◇◇◇◇◇◇◇◇◇◇◇◇◇◇◇◇◇◇◇◇◇◇◇◇◇◇◇◇◇◇◇

Sam was so ***dog-tired*** that he dozed off and missed his bus stop.
Sam 累得跟狗一樣，以至於因為打瞌睡，坐過了站。

# 你一定行

**backing**

[ˋbækɪŋ] n.
支持

**cheer**

[tʃɪr] n.
鼓勵

**embolden**

[ɪm`boldn] v.
使有勇氣

**encourage**

[ɪn`kɝɪdʒ] v.
鼓勵

**support**

[sə`port] v.
支持

**believe**

[bɪ`liv] v.
相信

**target**

[`targɪt] n.
目標

**helpful**

[`hɛlpfəl] adj.
有幫助的

**enhance**

[ɪn`hæns] v.
提升

**insist**

[ɪn`sɪst] v.
堅持

---

He has got so much ***support*** behind him that he doesn't even has to lift a finger.
他有一堆後援幫忙，連一根手指都不用動。

# 憂鬱星期一

**melancholy**

[ˋmɛlən͵kɑlɪ] n.
憂鬱

**frustrated**

[ˋfrʌstretɪd] adj.
灰心氣餒的

**depress**

[dɪˋprɛs] v.
使沮喪

**debilitate**

[dɪˋbɪlə͵tet] v.
衰弱

**world-weary**

[ˋwɝld͵wɪrɪ] adj.
厭世的

**negative**

[ˋnɛgətɪv] adj.
負面的

**sentiment**

[ˋsɛntəmənt] n.
情緒

**perk**

[pɝk] v.
振作

**overcome**

[͵ovɚˋkʌm] v.
克服

**pseudoscience**

[͵sudoˋsaɪəns] n.
偽科學

Don’t be so ***frustrated*** it’s almost hump-day and that means almost Friday.
別這麼喪氣！這週已經過一半，就快要放假了！

# 只想吐苦水

@$&#(@#%&*?#...

**grumble**

[`grʌmb!] v.
發牢騷

**murmur**

[`mɝmɚ] v.
私下抱怨

**jinx**

[dʒɪŋks] n.
帶賽

**moaner**

[`monɚ] n.
愛抱怨者

**nagger**

[`nægɚ] n.
愛嘮叨者

**discontented**

[dɪskən`tɛntɪd] adj.
不滿的

**sympathy**

[`sɪmpəθɪ] n.
同情心

**vent**

[vɛnt] v.
發洩

**criticize**

[`krɪtɪˏsaɪz] v.
批評

**negative energy**

[`nɛgətɪv][`ɛnɚdʒɪ] n.
負能量

◇◇◇◇◇◇◇◇◇◇◇◇◇◇◇◇◇◇◇◇◇◇◇◇◇◇◇◇◇◇◇◇◇◇◇◇◇◇◇◇◇◇◇◇◇◇◇◇◇◇◇◇◇◇◇◇◇◇◇◇◇◇◇◇◇

You're a *jinx*! Your teammates complained that you came to watch their competition.
你真帶賽！你的隊員都在抱怨你來看他們比賽。

# 薪水小偷

**cyber-loafing**

[`saɪbɚ`lofɪŋ] n.
上網閒逛

**salary**

[`sælərɪ] n.
薪水

**thief**

[θif] n.
小偷

**goldbricker**

[`gold͵brɪk] n.
薪水小偷

**goldbrick**

[`gold͵brɪk] v.
偷懶

**halfhearted**

[`hæf`hartɪd] adj.
不認真的

**procrastination**

[pro͵kræstə`neʃən] n.
拖延

**toilet**

[`tɔɪlɪt] n.
廁所

**idle**

[`aɪd!] v.
無所事事

**zone out**

[zon][aʊt] ph.
發呆

◇◇◇◇◇◇◇◇◇◇◇◇◇◇◇◇◇◇◇◇◇◇◇◇◇◇◇◇◇◇◇◇◇◇◇◇◇◇◇◇◇◇◇◇◇◇◇◇◇◇◇◇◇◇◇◇◇◇

Did you first apply for a position in ***goldbricker***?
你當初是來應徵當薪水小偷的嗎？

# 占人便宜

**mooch**

[mutʃ] v.
揩油

**freeload**

[`fri`lod] n.
占便宜

**advantage**

[əd`væntɪdʒ] n.
利益

**impose**

[ɪm`poz] v.
利用

**covet**

[`kʌvɪt] v.
貪圖

**gain**

[gen] n.
獲得

**effortless**

[`ɛfɚtlɪs] adj.
不需費力的

**idle**

[`aɪd!] adj.
不工作的

**fluky**

[`flukɪ] adj.
僥倖的

**possess**

[pə`zɛs] v.
占有

◇◇◇◇◇◇◇◇◇◇◇◇◇◇◇◇◇◇◇◇◇◇◇◇◇◇◇◇◇◇◇◇◇◇◇◇◇◇◇◇◇◇◇◇◇◇◇◇◇◇◇◇◇◇◇◇◇◇◇◇◇◇

We have to go through some pain before seeing any results, but he is seeing ***gains*** effortlessly.
我們在看見成果前都需要經歷一些痛苦，但他總是想不勞而獲。

# 一心多用

**multitask**

[ˌmʌltɪˋtask] v.
一心多用

**efficient**

[ɪˋfɪʃənt] adj.
高效的

**wholehearted**

[`hol`hartɪd] adj.
全心全意的

**competent**

[`kampətənt] adj.
能幹的

**attention**

[ə`tɛnʃən] n.
注意力

**timesaving**

[`taɪm͵sevɪŋ] adj.
省時的

**simultaneously**

[saɪməl`tenɪəslɪ] adv.
同時地

**focus**

[`fokəs] v.
集中

**efficiency**

[ɪ`fɪʃənsɪ] n.
效率

**capability**

[͵kepə`bɪlətɪ] n.
才能

◇◇◇◇◇◇◇◇◇◇◇◇◇◇◇◇◇◇◇◇◇◇◇◇◇◇◇◇◇◇◇◇◇◇◇◇◇◇◇◇◇◇◇◇◇◇◇◇◇◇◇◇◇◇◇◇◇◇

Otis is so good at ***multitasking*** that he can study his homework and play video games at the same time.
Otis 很會一心二用，可以一邊寫作業一邊打電動。

# 站上巔峰

**effort**

[`ɛfɚt] n.
努力

**persist**

[pɚ`sɪst] v.
持續

**bid**

[bɪd] v.
企圖

**expert**

[ˋɛkspɚt] n.
專家

**master**

[ˋmæstɚ] adj.
精通的

**ambition**

[æmˋbɪʃən] n.
野心

**professional**

[prəˋfɛʃən!] adj.
專業的

**powerful**

[ˋpaʊɚfəl] adj.
強大的

**apex**

[ˋepɛks] n.
頂點

**champion**

[ˋtʃæmpɪən] n.
冠軍

◇◇◇◇◇◇◇◇◇◇◇◇◇◇◇◇◇◇◇◇◇◇◇◇◇◇◇◇◇◇◇◇◇◇◇◇◇◇◇◇◇◇◇◇◇◇◇◇◇◇◇◇◇◇◇◇◇◇◇◇

Her ***ambition*** and persistence will definitely lead her to multiple championships.
她的野心和堅持，絕對能讓她拿到很多個冠軍。

# 客服你好

**customer service**

[`kʌstəmɚ][`sɝvɪs] n.
顧客服務

**serve**

[sɝv] v.
為……服務

**inquire**

[ɪn`kwaɪr] v.
詢問

**tolerate**

[`tɑlə͵ret] v.
忍受

**polite**

[pə`laɪt] adj.
有禮貌的

**solution**

[sə`luʃən] n.
解答

**supply**

[sə`plaɪ] v.
提供

**assist**

[ə`sɪst] v.
協助

**feedback**

[`fid͵bæk] n.
反饋

**patience**

[`peʃəns] n.
耐心

◇◇◇◇◇◇◇◇◇◇◇◇◇◇◇◇◇◇◇◇◇◇◇◇◇◇◇◇◇◇◇◇◇◇◇◇◇◇◇◇◇◇◇◇◇◇◇◇

The ***customer*** service has been awful, I've waited for half an hour and know the holding music by heart now.
這裡的客服真是糟透了，我已經等了半個小時都會哼它的轉接音樂了。

# 斜槓人生

**slashie**

[slæʃɪ] n.
斜槓族

**multiple**

[ˋmʌltəp!] adj.
多樣的

**concurrent**

[kən`kərənt] adj.
同時發生的

**occupation**

[ˌɑkjə`peʃən] n.
職業

**practice**

[`præktɪs] v.
實踐

**competent**

[`kɑmpətənt] adj.
能幹的

**characteristic**

[ˌkærəktə`rɪstɪk] n.
特質

**develop**

[dɪ`vɛləp] v.
發展

**extensively**

[ɪk`stɛnsɪvlɪ] adv.
廣泛地

**flexibility**

[ˌflɛksə`bɪlətɪ] n.
靈活性

◇◇◇◇◇◇◇◇◇◇◇◇◇◇◇◇◇◇◇◇◇◇◇◇◇◇◇◇◇◇◇◇◇◇◇◇◇◇◇◇

A lot of young people today are ***slashies***, and love to explore multiple interests to broaden their minds.
很多年輕人都是斜槓青年，喜歡多元化發展來拓展他們的視野。

diary

# 日常篇

# 只想發懶

**slack off**

[slæk][ɔf] ph.
偷懶摸魚

**lazybones**

[ˋlezɪˏbonz] n.
懶骨頭

**sluggish**

[ˋslʌgɪʃ] adj.
懶散的

**slug**

[slʌg] n.
懶人

**sloth**

[sloθ] n.
樹懶

**slugabed**

[ˋslʌgəˏbɛd] n.
愛睡懶覺的人

**lounge**

[laʊndʒ] v.
閒晃

**lazy**

[ˋlezɪ] adj.
懶惰的

**loaf**

[lof] v.
閒混

**enfeebled**

[ɪnˋfib!d] adj.
無力的

I'm so hungry but too ***sluggish*** to walk to the fridge.
我好餓，但實在是太懶得走去冰箱了。

# 租屋守則

**agreement**

[ə`grimənt] n.
協定

**budget**

[`bʌdʒɪt] n.
預算

**utility bill**

[ju`tɪlətɪ][bɪl] n.
水電瓦斯費

**landlord**

[`lænd͵lɔrd] n.
房東

**lease**

[lis] n.
租約

**rent**

[rɛnt] n.
租金

**deposit**

[dɪ`pɑzɪt] n.
押金

**furniture**

[`fɝnɪtʃɚ] n.
家具

**tenant**

[`tɛnənt] n.
房客

**roommate**

[`rum͵met] n.
室友

◇◇◇◇◇◇◇◇◇◇◇◇◇◇◇◇◇◇◇◇◇◇◇◇◇◇◇◇◇◇◇◇◇◇◇◇◇◇◇◇◇◇◇◇◇◇◇◇◇◇◇◇◇◇◇◇◇◇◇◇

I have a ***roommate*** that likes to pay rent because he always lives in his girlfriend's apartment anyways.
我有個喜歡付房租的室友，因為他都去住他女朋友家。

# 不要踩到

**step**

[stɛp] v.
踩

**lego**

[`lɛgo] n.
樂高

**poop**

[pup] n.
大便

**puddle**

[`pʌd!] n.
水坑

**banana peel**

[bə`nænə][pil] n.
香蕉皮

**thumbtack**

[`θʌm͵tæk] n.
圖釘

**tail**

[tel] n.
尾巴

**trap**

[træp] n.
陷阱

**gum**

[gʌm] n.
口香糖

**limit**

[`lɪmɪt] n.
底線

◇◇◇◇◇◇◇◇◇◇◇◇◇◇◇◇◇◇◇◇◇◇◇◇◇◇◇◇◇◇◇◇◇◇◇◇◇◇◇◇◇◇◇◇◇◇◇◇◇◇◇◇◇◇◇◇◇◇

If you ask me what I really wouldn't step on, I would immediately say a ***Lego***.
你問我這最不想踩到什麼，我一定毫不猶豫地說是樂高。

# 我媽總是

**exhort**

[ɪgˋzɔrt] v.
規勸

**remind**

[rɪˋmaɪnd] v.
提醒

**warn**

[wɔrn] v.
告誡

**urge**

[ɝdʒ] v.
力勸

**advise**

[əd`vaɪz] v.
勸告

**nag**

[næg] v.
不斷嘮叨

**concern**

[kən`sɝn] v.
關心

**discipline**

[`dɪsəplɪn] v.
使有紀律

**reinforce**

[ˌriɪn`fɔrs] v.
強化

**indoctrinate**

[ɪn`dɑktrɪˌnet] v.
向……灌輸

◇◇◇◇◇◇◇◇◇◇◇◇◇◇◇◇◇◇◇◇◇◇◇◇◇◇◇◇◇◇◇◇◇◇◇◇◇◇◇◇◇◇◇◇◇◇◇◇◇◇◇◇◇◇◇◇◇◇◇◇◇◇◇◇◇

My mom always ***nags*** and reminds me to do the simplest stuff, but I know she worries about me and only wants the best.
雖然我媽喜歡碎碎念，但我知道她是為了我好。

# 看個牙醫

**cavity**

[ˋkævətɪ] n.
蛀牙

**dentist**

[ˋdɛntɪst] n.
牙醫

**appointment**

[ə`pɔɪntmənt] n.
預約

**dental**

[`dɛnt!] adj.
牙齒的

**wisdom teeth**

[`wɪzdəm][tiθ] n.
智齒

**canine**

[`kenaɪn] n.
虎牙

**braces**

[bresɪz] n.
牙套

**retainer**

[rɪ`tenɚ] n.
矯正器

**floss**

[flɔs] v.
剔牙

**dental implant**

[`dɛnt!][ɪm`plænt] ph.
植牙

◇◇◇◇◇◇◇◇◇◇◇◇◇◇◇◇◇◇◇◇◇◇◇◇◇◇◇◇◇◇◇◇◇◇◇◇◇◇◇◇◇◇◇◇◇◇◇◇◇◇◇◇◇◇

Harrison keeps making ***dental*** appointments so he can see the pretty assistants.
Harrison 一直持續預約看牙醫，是為了見到美麗的牙醫助理。

# 有點潔癖

**neat**

[nit] adj.
整潔的

**clean**

[klin] v.
弄乾淨

**tidy**

[ˋtaɪdɪ] v.
收拾整理

**spotless**

[ˋspɑtlɪs] adj.
一塵不染的

**compel**

[kəmˋpɛl] v.
強迫

**perfectionist**

[pɚˋfɛkʃənɪst] n.
完美主義者

**irritable**

[ˋɪrətəb!] adj.
煩躁的

**unbearable**

[ʌnˋbɛrəb!] adj.
不能忍受的

**obsessive-compulsive disorder (OCD)**

[əbˋsɛsɪvˋkəmˋpʌlsɪv] [dɪsˋɔrdɚ] n.
強迫症

**neat freak**

[nit][frik] n.
潔癖

---

Daisy is such a ***neat freak***, she has to wash her hand every five minutes and then use alcohol spray.
Daisy 有潔癖，她每五分鐘就洗一次手，並且用酒精消毒。

# 初老症狀

**forgetful**

[fɚ`gɛtfəl] adj.
健忘的

**wrinkle**

[`rɪŋk!] n.
皺紋

**obesity**

[o`bisətɪ] n.
肥胖

**tardy**

[`tardɪ] adj.
遲鈍的

**out of touch**

[aʊt][ɑv][tʌtʃ] ph.
脫節

**weary**

[`wɪrɪ] adj.
疲倦的

**omen**

[`omən] n.
預兆

**mature**

[mə`tjʊr] v.
變成熟

**metabolism**

[mɛ`tæb!͵ɪzəm] n.
新陳代謝

**flabby**

[`flæbɪ] adj.
（肌肉等）鬆弛的

You will know about the speed of your ***metabolism*** after 25 because it reflects on your belly.
你會知道，過了 25 歲後的新陳代謝速度都反映在肚子上了。

# 誰偷放屁

**fart**

[fart] v.
放屁

**wet fart**

[wɛt][fart] n.
水屁

**stinky**

[`stɪŋkɪ] adj.
臭的

**odour**

[`odɚ] n.
氣味

**silent**

[`saɪlənt] adj.
寂靜無聲的

**sneaky**

[`snikɪ] adj.
偷偷的

**rude**

[rud] adj.
不禮貌的

**smell**

[smɛl] v.
聞

**pinch**

[pɪntʃ] v.
捏住

**pollution**

[pə`luʃən] n.
汙染

---

That ***fart*** was silent but definitely the most deadly.
那個屁無聲無息，但絕對致命。

# 突發狀況

**bedwetting**

[ˋbɛdwɛtɪŋ] n.
尿床

**asleep**

[əˋslip] adj.
發麻的

**stiff neck**

[stɪf][nɛk] n.
落枕

**palpitation**

[ˌpælpəˋteʃən] n.
心悸

**cold sweat**

[kold][swɛt] n.
冷汗

**nauseous**

[ˋnɔʃɪəs] adj.
反胃

**goosebumps**

[gusbʌmps] n.
雞皮疙瘩

**anemia**

[əˋnimɪə] n.
貧血

**tinnitus**

[tɪˋnaɪtəs] n.
耳鳴

**sleep paralysis**

[slip][pəˋræləsɪs] n.
鬼壓床

Lashis woke up with a ***stiff neck*** after he slept on the floor because he got hammered last night.
Lashis 昨晚因為爛醉而睡在地板上，醒來時落枕。

# 睡覺別來煩

**mosquito**

[məsˋkito] n.
蚊子

**fly**

[flaɪ] n.
蒼蠅

**ceiling**

[`siliŋ] n.
天花板

**itchy**

[`ɪtʃɪ] adj.
癢的

**swollen**

[`swolən] adj.
浮腫的

**annoying**

[ə`nɔɪɪŋ] adj.
惱人的

**scratch**

[skrætʃ] v.
抓

**buzzing**

[bʌzɪŋ] n.
嗡嗡聲

**repellent**

[rɪ`pɛlənt] n.
驅蟲劑

**loathsome**

[`loðsəm] adj.
令人討厭的

◇◇◇◇◇◇◇◇◇◇◇◇◇◇◇◇◇◇◇◇◇◇◇◇◇◇◇◇◇◇◇◇◇◇◇◇◇◇◇◇◇◇◇◇◇◇◇◇◇◇

When I go to bed, the ***mosquito*** gets ready for dinner.
當我要去睡覺時就是蚊子準備吃晚餐的時候。

# 眞相只有一個

**observe**

[əb`zɝv] v.
觀察

**detail**

[`ditel] n.
細節

**detective**

[dɪˋtɛktɪv] n.
偵探

**clue**

[klu] n.
線索

**investigate**

[ɪnˋvɛstəˏget] v.
調查

**detect**

[dɪˋtɛkt] v.
察覺

**thoughtful**

[ˋθɔtfəl] adj.
深思的

**notice**

[ˋnotɪs] v.
注意

**evidence**

[ˋɛvədəns] n.
證據

**crucial**

[ˋkruʃəl] adj.
決定性的

◇◇◇◇◇◇◇◇◇◇◇◇◇◇◇◇◇◇◇◇◇◇◇◇◇◇◇◇◇◇◇◇◇◇◇◇◇◇◇◇◇◇◇◇◇◇

The ***detective*** has examined and investigated every piece of evidence in this case, but can't figure out who did it.
偵探調查著每一個線索，但還是找不出是誰做的。

# 溝通技巧

**negotiate**

[nɪˋgoʃɪˏet] v.
談判

**comfort**

[ˋkʌmfɚt] v.
安慰

**compromise**

[ˋkɑmprə͵maɪz] v.
妥協

**convey**

[kənˋve] v.
表達

**acknowledge**

[əkˋnɑlɪdʒ] v.
承認

**debate**

[dɪˋbet] v.
辯論

**discuss**

[dɪˋskʌs] v.
討論

**eloquence**

[ˋɛləkwəns] n.
口才

**adulation**

[͵ædʒəˋleʃən] n.
吹捧

**admire**

[ədˋmaɪr] v.
誇獎

◇◇◇◇◇◇◇◇◇◇◇◇◇◇◇◇◇◇◇◇◇◇◇◇◇◇◇◇◇◇◇◇◇◇◇◇◇◇◇◇◇◇◇◇◇◇◇◇◇◇◇◇◇◇◇◇◇◇◇◇◇◇

I really ***admire*** her ability to negotiate and compromise with her clients.
我很佩服她與客戶交涉的談判能力。

# 夜貓日常

**night owl**

[naɪt][aʊl] n.
夜貓子

**dark circle**

[dɑrk][`sɝk!] n.
黑眼圈

**edema**

[i`dimə] n.
水腫

**stay up**

[ste][ʌp] ph.
熬夜

**vigorous**

[`vɪgərəs] adj.
精力充沛的

**over sleep**

[`ovɚ][slip] ph.
睡過頭

**nocturnal**

[nɑk`tɝn!] adj.
夜間活動的

**sunrise**

[`sʌn͵raɪz] n.
日出

**routine**

[ru`tin] adj.
日常的

**awake**

[ə`wek] adj.
清醒的

◇◇◇◇◇◇◇◇◇◇◇◇◇◇◇◇◇◇◇◇◇◇◇◇◇◇◇◇◇◇◇◇◇◇◇◇◇◇◇◇◇◇◇◇◇◇◇◇◇◇◇◇◇◇◇◇◇◇◇◇

Quarantine has made me such a ***night owl*** that I forgot what the sun feels like.
隔離期使我作息大亂變成夜貓子，都忘記曬太陽是什麼感受。

# 難言之隱

**constipated**

[`kɑnstə͵petɪd] adj.
便祕的

**embarrassed**

[ɪm`bærəst] adj.
尷尬的

**private**

[ˋpraɪvɪt] adj.
私人的

**ashamed**

[əˋʃemd] adj.
羞愧的

**hemorrhoid**

[ˏhɛməˋrɔɪd] n.
痔瘡

**rash**

[ræʃ] n.
紅疹

**hernia**

[ˋhɝnɪə] n.
疝氣

**period**

[ˋpɪrɪəd] n.
月經

**diarrhea**

[ˏdaɪəˋriə] n.
拉肚子

**cold sore**

[kold][sor] n.
皰疹

◇◇◇◇◇◇◇◇◇◇◇◇◇◇◇◇◇◇◇◇◇◇◇◇◇◇◇◇◇◇◇◇◇◇◇◇◇◇◇◇◇◇◇◇◇◇◇◇◇◇◇◇

Why don't you sit on the chair? Do you have a ***hemorrhoid***?
你為什麼不坐椅子？是不是有痔瘡？

# 售後服務

**guarantee**

[ˌgærən`ti] n.

保證

**pledge**

[plɛdʒ] v.

承諾

**offset**

[`ɔf͵sɛt] v.
補償

**warranty**

[`wɔrəntɪ] n.
保固

**refund**

[`ri͵fʌnd] n.
退費

**after service**

[`æftɚ][`sɝvɪs] n.
售後服務

**repair**

[rɪ`pɛr] v.
修理

**maintenance**

[`mentənəns] n.
保養

**contract**

[kən`trækt] n.
合約

**maintain**

[men`ten] v.
維修

◇◇◇◇◇◇◇◇◇◇◇◇◇◇◇◇◇◇◇◇◇◇◇◇◇◇◇◇◇◇◇◇◇◇◇◇◇◇◇◇◇◇◇◇◇◇◇◇◇◇◇◇◇◇◇◇◇◇◇◇

Rudy just got his new phone and then broke it! At least there's a ***warranty***.
Rudy剛拿到新買的手機就弄壞了！還好手機有保固。

# 惹怒老媽

**unreasonable**

[ʌn`riznəb!] adj.

無理取鬧的

**disobedient**

[ˏdɪsə`bidɪənt] adj.

不服從的

**naughty**

[`nɔtɪ] adj.
頑皮的

**petulant**

[`pɛtʃələnt] adj.
脾氣壞的

**anger**

[`æŋgɚ] v.
使發怒

**knee down**

[ni][daʊn] ph.
跪下

**scold**

[skold] v.
罵

**blame**

[blem] v.
責備

**wail**

[wel] v.
嚎啕大哭

**beg**

[bɛg] v.
求饒

◇◇◇◇◇◇◇◇◇◇◇◇◇◇◇◇◇◇◇◇◇◇◇◇◇◇◇◇◇◇◇◇◇◇◇◇◇◇◇◇◇◇◇◇◇◇◇◇◇◇◇◇

I always beg my mom to not ***scold*** me when I get in trouble.
我惹麻煩的時候會跟我媽求饒，千萬別罵我。

# 人際關係

**buddy**

[`bʌdɪ] n.
好哥們

**bestie**

[bɛsti] n.
閨密

**confidante**

[ˋkɑnfə͵dænt] n.
紅粉知己

**best friend forever (BFF)**

[bɛst][frɛnd][fɚˋɛvɚ] n.
永遠的好朋友

**friend with benefit (FWB)**

[frɛnd][wɪð][ˋbɛnəfɪt] n.
炮友

**fair weather friend**

[fɛr][ˋwɛðɚ][frɛnd] n.
酒肉朋友

**acquaintance**

[əˋkwentəns] n.
點頭之交

**soulmate**

[solmet] n.
靈魂伴侶

**companion**

[kəmˋpænjən] n.
同伴

**interpersonal**

[͵ɪntɚˋpɝsən!] adj.
人際交往的

◇◇◇◇◇◇◇◇◇◇◇◇◇◇◇◇◇◇◇◇◇◇◇◇◇◇◇◇◇◇◇◇◇◇◇◇◇◇◇◇◇◇◇◇◇◇◇◇◇◇◇◇◇◇◇◇◇◇◇◇

Lucy thinks I'm her ***soulmate*** but we are just FWBs.
Lucy 認為我是她的靈魂伴侶，但我們只是炮友罷了。

# 就是想睡

**snore**

[snor] v.
打呼

**drowsy**

[ˋdraʊzɪ] adj.
昏昏欲睡的

## nap

[næp] n.
打盹

## drool

[drul] v.
流口水

## toss around

[tɔs][ə`raʊnd] ph.
翻來覆去

## dream

[drim] v.
作夢

## oversleep

[`ovə`slip] v.
睡過頭

## somniloquy

[sɑm`nɪləkwɪ] n.
說夢話

## sleepwalking

[`slip͵wɔkɪŋ] n.
夢遊

## grind

[graɪnd] v.
磨（牙）

◇◇◇◇◇◇◇◇◇◇◇◇◇◇◇◇◇◇◇◇◇◇◇◇◇◇◇◇◇◇◇◇◇◇◇◇◇◇◇◇◇◇◇◇◇◇◇◇◇◇◇◇◇◇◇◇◇◇◇◇

Austin ***snored*** like snorlax so he needs a nap today.
看來 Austin 很累，因為他打呼像是卡比獸一樣大聲。

# 投資理財

**invest**

[ɪn`vɛst] v.
投資

**fund**

[fʌnd] n.
基金

**stock**

[stɑk] n.
股票

**value**

[`vælju] n.
價值

**asset**

[`æsɛt] n.
資產

**depression**

[dɪ`prɛʃən] n.
蕭條

**recession**

[rɪ`sɛʃən] n.
衰退

**profit**

[`prɑfɪt] n.
收益

**trade**

[tred] v.
進行交易

**earn**

[ɝn] v.
賺得

◇◇◇◇◇◇◇◇◇◇◇◇◇◇◇◇◇◇◇◇◇◇◇◇◇◇◇◇◇◇◇◇◇◇◇◇◇◇◇◇◇◇◇◇◇◇◇◇◇◇

By ***investing***, you can make money or lose money, so you need to know how to read the investment booklet before making a decision on the stock.
投資理財有賺有賠，投資前請詳閱公開說明書。

# 兩性篇

# 我的男友

**witty**

[ˋwɪtɪ] adj.
風趣的

**considerate**

[kənˋsɪdərɪt] adj.
體貼的

**ambitious**

[æm`bɪʃəs] adj.
有抱負的

**practical**

[`præktɪk!] adj.
實際的

**narcissistic**

[ˏnɑrsɪ`sɪstɪk] adj.
自戀的

**unromantic**

[ˏʌnro`mæntɪk] adj.
不浪漫的

**immature**

[ˏɪmə`tjʊr] adj.
幼稚的

**jealous**

[`dʒɛləs] adj.
忌妒的

**careless**

[`kɛrlɪs] adj.
粗心的

**stubborn**

[`stʌbɚn] adj.
固執的

My boyfriend is so ***narcissistic*** that I'm never in his photos.
我男友自戀到他的照片裡只能容下他自己。

# 我的女友

**compassionate**

[kəm`pæʃənet] adj.
有同情心的

**adorable**

[ə`dorəb!] adj.
可愛的

**suspicious**

[sə`spɪʃəs] adj.
多疑的

**overreact**

[ˌovɚrɪ`ækt] v.
反應過度

**pretentious**

[prɪ`tɛnʃəs] adj.
做作的

**clingy**

[`klɪŋɪ] adj.
黏人的

**apathetic**

[ˌæpə`θɛtɪk] adj.
冷淡的

**indecisive**

[ˌɪndɪ`saɪsɪv] adj.
優柔寡斷的

**shopaholic**

[ˌʃɑpə`hɔlɪk] n.
購物狂

**control freak**

[kən`trol][frik] n.
控制狂

◇◇◇◇◇◇◇◇◇◇◇◇◇◇◇◇◇◇◇◇◇◇◇◇◇◇◇◇◇◇◇◇◇◇◇◇◇◇◇◇◇◇◇◇◇◇◇◇◇◇◇◇◇◇◇◇◇◇◇◇

My girlfriend is such a ***control freak*** and really clingy!
我女友是個控制狂也很愛黏人！

# 感情狀態

**bachelor**

[ˋbætʃələ] n.
單身男子

**bachelorette**

[ˏbætʃələˋrɛt] n.
單身女子

**single**

[ˋsɪŋg!] adj.
單身

**cheat on**

[tʃit][ɑn] ph.
劈腿

**married**

[ˋmærɪd] adj.
已婚的

**situationship**

[ˏsɪtʃʊˋeʃənˋʃɪp] n.
非純友誼且非交往關係

**rebound**

[rɪˋbaʊnd] n.
備胎

**quarrel**

[ˋkwɔrəl] v.
吵架

**betray**

[bɪˋtre] v.
背叛

**dump**

[dʌmp] v.
甩（人）

◇◇◇◇◇◇◇◇◇◇◇◇◇◇◇◇◇◇◇◇◇◇◇◇◇◇◇◇◇◇◇◇◇◇◇◇◇◇◇◇◇◇◇◇◇◇◇◇◇◇◇◇◇◇◇◇◇◇◇◇

Jack *dumped* me for a married woman.
Jack 為了一個已婚的女人甩了我。

# 曖昧讓人委屈

**grievance**

[`grivəns] n.
委屈

**flirt**

[flɝt] v.
調情

**charming**

[`tʃɑrmɪŋ] adj.
迷人的

**chemistry**

[`kɛmɪstrɪ] n.
來電

**uncertain**

[ʌn`sɝtn] adj.
不明確的

**click**

[klɪk] v.
合得來

**equivocal**

[ɪ`kwɪvək!] adj.
模稜兩可的

**friendzone**

[frɛndzon] v.
發好人卡

**valentine**

[`vælǝntaɪn] n.
情人

**doubt**

[daʊt] v.
不能肯定

◇◇◇◇◇◇◇◇◇◇◇◇◇◇◇◇◇◇◇◇◇◇◇◇◇◇◇◇◇◇◇◇◇◇◇◇◇◇◇◇◇◇◇◇◇◇◇◇◇◇◇◇◇◇◇◇◇◇◇◇

The girl I really like ***friendzoned*** me, so now I'm crying.
我因為被喜歡的女生發了好人卡而落淚。

# 絕對要避開

**love rat**

[lʌv][ræt] n.
愛情騙子

**player**

[`pleɚ] n.
玩咖

**fuckboy**

[fʌkbɔɪ] n.
渣男

**womanizer**

[`wʊmən͵aɪzɚ] n.
渣男

**the other woman**

[ðə][`ʌðɚ][`wʊmən] n.
小三

**side chick**

[saɪd][tʃɪk] n.
小三

**debauchery**

[dɪ`bɔtʃərɪ] n.
縱情酒色

**playboy**

[`ple͵bɔɪ] n.
花花公子

**mistress**

[`mɪstrɪs] n.
情婦

**honey trap**

[`hʌnɪ][træp] ph.
仙人跳

Don't be fooled! He's a total ***fuckboy***!
別傻了！他是個渣男欸！

# 有點太寵

**spoil**

[spɔɪl] v.

溺愛

**appease**

[ə`piz] v.

安撫

**spoiled**

[spɔɪlt] adj.
被寵壞的

**princess syndrome**

[`prɪnsɪs][`sɪn͵drom] n.
公主病

**silent treatment**

[`saɪlənt][`tritmənt] n.
冷戰

**high-maintenance**

[haɪ`mentənəns] adj.
需要呵護的

**picky**

[`pɪkɪ] adj.
挑剔的

**quarrelsome**

[`kwɔrəlsəm] adj.
喜歡爭吵的

**self-indulgent**

[͵sɛlfɪn`dʌldʒənt] adj.
放縱的

**wayward**

[`wewɚd] adj.
反覆無常的

◇◇◇◇◇◇◇◇◇◇◇◇◇◇◇◇◇◇◇◇◇◇◇◇◇◇◇◇◇◇◇◇◇◇◇◇◇◇◇◇◇◇◇◇◇◇◇◇◇◇

If you spoil your girlfriend, you run the risk of causing her to develop ***Princess Syndrome***.
如果你太溺愛女友，會增加她有公主病的機率。

# 不爽行爲

**lie**

[laɪ] V.
撒謊

**procrastinate**

[pro`kræstəˌnet] V.
拖延

**salty**

[ˋsɔltɪ] adj.
惱羞

**butter up**

[ˋbʌtɚ][ʌp] ph.
拍馬屁

**ghost**

[gost] v.
神隱

**stand up**

[stænd][ʌp] ph.
放鴿子

**flake**

[flek] n.
言而無信的人

**unpunctual**

[ʌnˋpʌŋktʃʊəl] adj.
不守時的

**distrust**

[dɪsˋtrʌst] v.
不信任

**despise**

[dɪˋspaɪz] v.
鄙視

◇◇◇◇◇◇◇◇◇◇◇◇◇◇◇◇◇◇◇◇◇◇◇◇◇◇◇◇◇◇◇◇◇◇◇◇◇◇◇◇◇◇◇◇◇◇◇◇◇◇◇◇◇◇◇◇

Sandy is annoying. I'm going to ***ghost*** her until she gets the point.
Sandy有夠煩人，我要先神隱一下，直到她恢復理智。

# 說好了喔

**promise**

[ˋpramɪs] v.
允諾

**commitment**

[kəˋmɪtmənt] n.
承諾

**swear**

[swɛr] v.
發誓

**mutually**

[`mjutʃʊəlɪ] adv.
彼此

**trustworthy**

[`trʌst͵wɝðɪ] adj.
可信的

**pinky promise**

[`pɪŋkɪ][`prɑmɪs] n.
打勾勾

**pinky**

[`pɪŋkɪ] n.
小拇指

**faithful**

[`feθfəl] adj.
忠誠的

**lifetime**

[`laɪf͵taɪm] adj.
一生的

**rapport**

[ræ`por] n.
友好

◇◇◇◇◇◇◇◇◇◇◇◇◇◇◇◇◇◇◇◇◇◇◇◇◇◇◇◇◇◇◇◇◇◇◇◇◇◇◇◇

I made you a ***pinky promise*** that I would not to tell anyone.
打勾勾，這件事說好了不能說出去喔！

# 約會地雷

**late**

[let] adj.
遲到的

**phub**

[fʌb] v.
玩手機而冷落他人

**reference check**

[`rɛfərəns][tʃɛk] ph.
身家調查

**haggle**

[`hæg!] v.
計較

**brag**

[bræg] v.
吹噓

**casual**

[`kæʒʊəl] adj.
隨便的

**complain**

[kəm`plen] v.
抱怨

**mansplain**

[`mænˏsplen] v.
男性說教

**weak-minded**

[`wik`maɪndɪd] adj.
沒主見的

**taboo**

[tə`bu] n.
禁忌

◇◇◇◇◇◇◇◇◇◇◇◇◇◇◇◇◇◇◇◇◇◇◇◇◇◇◇◇◇◇◇◇◇◇◇◇◇◇◇◇◇◇◇◇◇◇◇◇◇◇

She hates it when her boss ***mansplains*** everything to her like she doesn't already know.
她很討厭她的老闆總是對她說教，講那些她早就知道的事情。

# 第一印象

**first**

[fɝst] adj.
第一的

**impression**

[ɪmˋprɛʃən] n.
印象

**accurate**

[`ækjərɪt] adj.
準確的

**bias**

[`baɪəs] n.
偏見

**character**

[`kærɪktɚ] n.
性格

**comparative**

[kəm`pærətɪv] adj.
比較的

**consistent**

[kən`sɪstənt] adj.
一致的

**identify**

[aɪ`dɛntə͵faɪ] v.
識別

**infer**

[ɪn`fɝ] v.
推斷

**stereotype**

[`stɛrɪə͵taɪp] n.
刻板印象

◇◇◇◇◇◇◇◇◇◇◇◇◇◇◇◇◇◇◇◇◇◇◇◇◇◇◇◇◇◇◇◇◇◇◇◇◇◇◇◇

My first ***impression*** of you was that you were very quiet and calm, but now after I know you, I know that I was very wrong.
我對你的第一印象是安靜沉穩，但實際認識你後，才發現大錯特錯。

# 外在誘惑

**external**

[ɪk`stɝnəl] adj.
外在的

**rational**

[`ræʃən!] adj.
理性的

**resist**

[rɪ`zɪst] v.
抵抗

**seduce**

[sɪ`djus] v.
引誘

**attract**

[ə`trækt] v.
吸引

**decline**

[dɪ`klaɪn] v.
拒絕

**temptation**

[tɛmp`teʃən] n.
誘惑

**alluring**

[ə`lʊrɪŋ] adj.
誘人的

**bear**

[bɛr] v.
忍耐

**willpower**

[`wɪl͵paʊɚ] n.
意志力

The big city is too ***alluring***, and there's just no way that I can resist all of these temptations.
這個城市誘惑太多，我根本沒辦法抵抗。

# 已讀不回

**blacklist**

[`blæk͵lɪst] v.
列入黑名單

**message**

[`mɛsɪdʒ] n.
訊息

**reply**

[rɪ`plaɪ] v.
回應

**ignore**

[ɪg`nor] v.
忽視

**cold-shoulder**

[`kold`ʃoldɚ] v.
冷淡

**morose**

[mə`ros] adj.
鬱悶的

**entanglement**

[ɪn`tæŋg!mənt] n.
糾結

**forget**

[fɚ`gɛt] v.
忘記

**oblivion**

[ə`blɪvɪən] n.
被遺忘

**anxious**

[`æŋkʃəs] adj.
焦慮的

◇◇◇◇◇◇◇◇◇◇◇◇◇◇◇◇◇◇◇◇◇◇◇◇◇◇◇◇◇◇◇◇◇◇◇◇◇◇◇◇◇◇◇◇◇◇◇◇◇◇

I don't know why she always ***ignores*** your message.
不知道為何，她總是忽略你的訊息。

# 一時衝動

**impulse**

[ˋɪmpʌls] n.
衝動

**conflict**

[kənˋflɪkt] v.
衝突

**temporary**

[`tɛmpə͵rɛrɪ] adj.
一時的

**calm**

[kɑm] v.
使鎮定

**agitated**

[`ædʒə͵tetɪd] adj.
激動的

**remorse**

[rɪ`mɔrs] n.
自責

**reflection**

[rɪ`flɛkʃən] n.
反省

**emotion**

[ɪ`moʃən] n.
情緒

**restrain**

[rɪ`stren] v.
抑制

**incontrollable**

[͵ɪnkən`troləb!] adj.
不能控制的

◇◇◇◇◇◇◇◇◇◇◇◇◇◇◇◇◇◇◇◇◇◇◇◇◇◇◇◇◇◇◇◇◇◇◇◇◇◇◇◇◇◇◇◇◇◇◇◇◇◇◇◇◇◇◇◇◇◇◇◇◇◇◇◇◇◇◇

Jessica has a bad habit of ***impulse*** buying.
Jessica 有衝動購物的壞習慣。

# 大喜之日

**fiancé**

[ˌfiən`se] n.
未婚夫

**fiancée**

[ˌfiən`se] n.
未婚妻

**bride**

[braɪd] n.
新娘

**groom**

[grum] n.
新郎

**groomsman**

[`grumzmən] n.
伴郎

**bridesmaid**

[`braɪdz͵med] n.
伴娘

**cash gift**

[kæʃ][gɪft] n.
禮金

**bride cake**

[braɪd][kek] n.
喜餅

**wedding**

[`wɛdɪŋ] n.
結婚典禮

**propose**

[prə`poz] v.
求婚

What? Steven ***proposed*** to his girlfriend by LINE!
什麼？ Steven 竟然用 LINE 跟他女朋友求婚！

# 懷胎十月

**pregnant**

[`prɛgnənt] adj.
懷孕的

**pregnancy**

[`prɛgnənsɪ] n.
懷孕

**childbirth**

[`tʃaɪld͵bɝθ] n.
分娩

**prenatal visit**

[pri`net!][`vɪzɪt] ph.
產檢

**morning sickness**

[`mɔrnɪŋ][`sɪknɪs] n.
害喜

**trimester**

[traɪ`mɛstɚ] n.
孕期

**fetal**

[`fit!] adj.
胎兒的

**birth**

[bɝθ] n.
出生

**miscarriage**

[mɪs`kærɪdʒ] n.
流產

**abortion**

[ə`bɔrʃən] n.
墮胎

---

Jason：Hi Diane! Are you ***pregnant***?
Diane：What?! No! I just had a big lunch!
Jason：嘿，Diane，妳是不是懷孕了啊？
Diane：什麼？我只是剛才吃了比較多！

.www

# 網路篇

# 網路鄉民

**cyber warrior**

[ˋsaɪbɚ][ˋwɔrɪɚ] n.
網軍

**streamer**

[ˋstrimɚ] n.
實況主

**lurker**

[lɝkɚ] n.
潛水者

**troll**

[trol] n.
酸民

**netizen**

[nɛtɪtəzn] n.
網民

**social justice warrior**

[`soʃəl][`dʒʌstɪs][`wɔrɪɚ] n.
正義魔人

**nitpick**

[nɪtpɪk] v.
挑剔

**creeper**

[`kripɚ] n.
窺視者

**public trial**

[`pʌblɪk][`traɪəl] ph.
公審

**woke**

[wok] n.
社會議題達人

◇◇◇◇◇◇◇◇◇◇◇◇◇◇◇◇◇◇◇◇◇◇◇◇◇◇◇◇◇◇◇◇◇◇◇◇◇◇◇◇◇◇◇◇◇◇◇◇◇◇◇◇◇◇◇◇◇◇◇◇◇◇◇◇◇◇◇

***Trolls*** will not lose any chance of gossiping about any scandals.
酸民永遠不會放過任一個醜聞。

# 宅男形象

**homebody**

[ˋhomˏbadɪ] n.

宅男

**indoorsy**

[ˋɪnˏdorsɪ] adj.

喜歡窩在家裡的

**geek**

[gik] n.
專家（資訊科技方面）

**unkempt**

[ʌn`kɛmpt] adj.
不修邊幅的

**messy**

[`mɛsɪ] adj.
髒亂的

**myopia**

[maɪ`opɪə] n.
近視

**anime**

[ˌænə`me] n.
動漫

**video game**

[`vɪdɪˌo][gem] n.
電玩

**figure**

[`fɪgjɚ] n.
模型公仔

**collection**

[kə`lɛkʃən] n.
收藏品

---

Nick is such a ***homebody*** I haven't seen him in two weeks.
Nick 是個宅男，已經兩個禮拜沒出門了。

# 我問一下我媽

**mama's boy**

[`mɑməz][bɔɪ] n.
媽寶

**unreliable**

[ˏʌnrɪ`laɪəb!] adj.
靠不住的

**dependent**

[dɪˋpɛndənt] adj.
依賴的

**permission**

[pɚˋmɪʃən] n.
許可

**hesitate**

[ˋhɛzəˏtet] v.
猶豫

**excessively**

[ɪkˋsɛsɪvlɪ]ad adv.
過度地

**attached**

[əˋtætʃt] adj.
依戀的

**inseparable**

[ɪnˋsɛpərəb!] adj.
分不開的

**report**

[rɪˋport] v.
報備

**lean on**

[lin][ɑn] ph.
依賴

Bob is such a ***mama's boy***, and he needs his mom's approval when he dates a new girl.
Bob 是個媽寶，連和女生約會都要他媽媽同意。

# 棉花糖女孩

**cotton candy**

[`kɑtn][`kændɪ] n.
棉花糖

**thick toast**

[θɪk][tost] n.
厚片

**double chin**

[`dʌb!][tʃɪn] n.
雙下巴

**plump**

[plʌmp] adj.
豐滿圓潤的

**chubby**

[`tʃʌbɪ] adj.
圓胖可愛的

**bingo wings**

[`bɪŋgo][wɪŋs] n.
蝴蝶袖

**thick**

[θɪk] adj.
豐滿且性感的

**muffin top**

[`mʌfɪn][tɑp] n.
腰間贅肉

**lost weight**

[lɔst][wet] ph.
減肥

**good-tempered**

[`gʊd`tɛmpɚd] adj.
好脾氣的

Pia's ***double chin*** makes her look like a turkey.
Pia 的雙下巴讓她看起來像是隻火雞。

# 低頭族

**phubber**

[fʌbɚ] n.
低頭族

**snub**

[snʌb] v.
冷落

**scroll**

[skrol] v.
滑（手機）

**petextrian**

[pə`tɛkstrɪən] n.
邊走邊用手機的人

**communicate**

[kə`mjunə͵ket] v.
溝通

**obsessed**

[əb`sɛst] adj.
著迷的

**danger**

[`dendʒɚ] n.
危險

**confiscate**

[`kɑnfɪs͵ket] v.
沒收

**penalty**

[`pɛn!tɪ] n.
罰款

**concentration**

[͵kɑnsɛn`treʃən] n.
專心

◇◇◇◇◇◇◇◇◇◇◇◇◇◇◇◇◇◇◇◇◇◇◇◇◇◇◇◇◇◇◇◇◇◇◇◇◇◇◇◇◇◇◇◇◇◇◇◇◇◇◇◇◇◇◇◇◇◇◇◇

***Phubbers*** are not afraid of the risk of myopia.
低頭族沒在怕近視的風險。

# 玻璃心碎

**snowflake**

[ˋsnoˏflek] n.
玻璃心

**self-respect**

[ˋsɛlfrɪˋspɛkt] n.
自尊心

**fragment**

[`frægmənt] n.
碎片

**fragile**

[`frædʒəl] adj.
易碎的

**brittle**

[`brɪt!] adj.
易損壞的

**vulnerable**

[`vʌlnərəb!] adj.
易受傷的

**sensitive**

[`sɛnsətɪv] adj.
敏感的

**touchy**

[`tʌtʃɪ] adj.
易怒的

**overthinking**

[`ovɚ`θɪŋkɪŋ] n.
多慮

**self-doubt**

[ˌsɛlf`daʊt] n.
自我疑惑

◇◇◇◇◇◇◇◇◇◇◇◇◇◇◇◇◇◇◇◇◇◇◇◇◇◇◇◇◇◇◇◇◇◇◇◇◇◇◇◇◇◇◇◇◇◇◇◇◇◇◇◇◇◇◇◇◇◇◇◇

Trump is the biggest ***snowflake*** in the world.
川普是世界上最玻璃心的人了。

# 暴雷一時爽

**spoiler alert**

[`spɔɪlɚ][ə`lɝt] n.
有雷慎入

**spoil**

[spɔɪl] v.
暴雷

**malice**

[ˋmælɪs] n.
惡意

**low-key**

[ˋloˋki] adj.
低調的

**show off**

[ʃo][ɔf] ph.
炫耀

**superiority**

[sə͵pɪrɪˋɔrətɪ] n.
優越感

**reveal**

[rɪˋvil] v.
揭露

**mock**

[mɑk] v.
嘲弄

**roll eyes**

[rol][aɪz] ph.
翻白眼

**crematorium**

[͵krimәˋtorɪәm] n.
火葬場

◇◇◇◇◇◇◇◇◇◇◇◇◇◇◇◇◇◇◇◇◇◇◇◇◇◇◇◇◇◇◇◇◇◇◇◇◇◇◇◇◇◇◇◇◇◇◇◇◇◇◇

***Spoiler alert***! Spider-Man gets bitten by a spider.
有雷慎入！蜘蛛人 (Spider-Man) 被蜘蛛咬到。

# 來點迷因

**meme**

[mim] n.
迷因

**trend**

[trend] n.
趨勢

**go viral**

[go][`vaɪrəl] ph.
爆紅

**fad**

[fæd] n.
一時的流行

**imitation**

[ˌɪmə`teʃən] n.
模仿

**retention**

[rɪ`tɛnʃən] n.
保留

**transmission**

[træns`mɪʃən] n.
傳播

**rapidly**

[`ræpɪdlɪ] adv.
很快地

**intelligible**

[ɪn`tɛlədʒəb!] adj.
明白易懂的

**laughable**

[`læfəb!] adj.
有趣的

◇◇◇◇◇◇◇◇◇◇◇◇◇◇◇◇◇◇◇◇◇◇◇◇◇◇◇◇◇◇◇◇◇◇◇◇◇◇◇◇◇◇◇◇◇◇◇◇◇◇◇◇◇◇◇◇◇◇◇◇

What do you think about the new cat ***memes***?
你怎麼看這次新的貓咪迷因？

# 沒了妳

* 單字取自《Without you》，高爾宣演唱

**temper**

[`tɛmpɚ] n.
脾氣

**regret**

[rɪ`grɛt] v.
懊悔

**exhaust pipe**

[ɪg`zɔst][paɪp] n.
排氣管

**bad habit**

[bæd][`hæbɪt] n.
壞習慣

**beloved**

[bɪ`lʌvɪd] n.
愛人

**camera**

[`kæmərə] n.
相機

**shutter**

[`ʃʌtɚ] n.
快門

**desk**

[dɛsk] n.
書桌

**table lamp**

[`tebl̩][læmp] n.
檯燈

**robbery**

[`rɑbərɪ] n.
搶劫

◇◇◇◇◇◇◇◇◇◇◇◇◇◇◇◇◇◇◇◇◇◇◇◇◇◇◇◇◇◇◇◇◇◇◇◇◇◇◇◇◇◇◇◇◇◇◇◇◇◇◇◇◇◇◇◇◇◇◇◇◇◇◇◇◇◇◇◇

I regret spending too much money on a noisy ***exhaust pipe*** when I was in senior high school.
我後悔高中花很多錢裝很吵的排氣管。

# 反正我很閒

* 單字取自 YouTuber「反正我很閒」名言

| **afraid** | **democratic** |
|---|---|
| [ə`fred] adj. | [ˏdɛmə`krætɪk] adj. |
| 害怕的 | 人民的 |

**gavel**

[`gæv!] n.
法槌

**devil**

[`dɛv!] n.
惡魔

**mean**

[min] adj.
卑鄙的

**Colosseum**

[ˏkɑlə`siəm] n.
羅馬競技場

**capitalism**

[`kæpət!ˏɪzəm] n.
資本主義

**quantum**

[`kwɑntəm] n.
量子

**entanglement**

[ɪn`tæŋg!mənt] n.
糾纏

**thug**

[θʌg] n.
暴徒

◇◇◇◇◇◇◇◇◇◇◇◇◇◇◇◇◇◇◇◇◇◇◇◇◇◇◇◇◇◇◇◇◇◇◇◇◇◇◇◇◇◇◇◇◇◇◇◇◇◇◇◇◇◇◇◇◇◇◇◇

I'm afraid of being ***scolded***.
我就被怕罵啊。

# 表情符號

**emoji**

[iˈmodʒi] n.
表情符號

**ideogram**

[ˋɪdɪəˏgræm] n.
表意符號

**symbol**

[`sɪmb!] n.
象徵

**express**

[ɪk`sprɛs] v.
表達

**encode**

[ɪn`kod] v.
把……譯成電碼

**paralinguistic**

[ˌpærəlɪŋ`gwɪstɪk] adj.
副語言的

**convenient**

[kən`vinjənt] adj.
方便的

**concise**

[kən`saɪs] adj.
簡要的

**communication**

[kəˌmjunə`keʃən] n.
溝通

**icon**

[`aɪkɑn] n.
圖示

◇◇◇◇◇◇◇◇◇◇◇◇◇◇◇◇◇◇◇◇◇◇◇◇◇◇◇◇◇◇◇◇◇◇◇◇◇◇◇◇◇◇◇◇◇◇◇◇◇◇◇◇◇◇◇◇◇

So many people nowadays don't know how to epress their feelings, they only use ***emojis*** to express themselves.
現代人已經不知道如何表達自己的感受，他們現在只會使用表情符號來表達。

# 腦洞大開

**imagination**

[ɪˌmædʒəˋneʃən] n.
想像力

**thought**

[θɔt] n.
思維

**plentiful**

[`plɛntɪfəl] adj.
豐富的

**whimsical**

[`hwɪmzɪk!] adj.
異想天開的

**fantastic**

[fæn`tæstɪk] adj.
奇異的

**creative**

[krɪ`etɪv] adj.
有創意的

**imagine**

[ɪ`mædʒɪn] v.
想像

**click**

[klɪk] v.
恍然大悟

**associate**

[ə`soʃɪˏet] v.
聯想

**extend**

[ɪk`stɛnd] v.
擴大

◇◇◇◇◇◇◇◇◇◇◇◇◇◇◇◇◇◇◇◇◇◇◇◇◇◇◇◇◇◇◇◇◇◇◇◇◇◇◇◇◇◇◇◇◇◇◇◇◇◇◇◇◇◇◇◇

He is so ***creative*** and imaginative, that I think he should be a writer or artist.
他富有創造力與想像力，適合當作家或是藝術家。

# 尷尬癌發作

**embarrass**

[ɪm`bærəs] v.
使尷尬

**cringe**

[krɪndʒi] adj.
令人尷尬癌發作

**awkward**

[ˋɔkwɚd] adj.
尷尬的

**mortified**

[ˋmɔrtɪfaɪd] adj.
使人羞愧的

**hide**

[haɪd] v.
躲藏

**escape**

[əˋskep] v.
逃跑

**blush**

[blʌʃ] v.
臉紅

**sense**

[sɛns] v.
意識到

**atmosphere**

[ˋætməsˏfɪr] n.
氣氛

**mood**

[mud] n.
心境

◇◇◇◇◇◇◇◇◇◇◇◇◇◇◇◇◇◇◇◇◇◇◇◇◇◇◇◇◇◇◇◇◇◇◇◇◇◇◇◇◇◇◇◇◇◇

His show was so ***cringey*** and awkward that I felt embarrassed for him.
他的表演令人尷尬癌發作，連我都替他覺得不好意思。

# 迷人反派

**villain**

[ˋvɪlən] n.
反派

**scoundrel**

[ˋskaʊndrəl] n.
壞蛋

**nemesis**

[`nɛməsɪs] n.
勁敵

**antagonist**

[æn`tægənɪst] n.
敵人

**captivate**

[`kæptə͵vet] v.
使著迷

**mysterious**

[mɪs`tɪrɪəs] adj.
神秘的

**pervert**

[pɚ`vɝt] v.
使墮落

**charismatic**

[͵kærɪz`mætɪk] adj.
魅力的

**nefarious**

[nə`fɛrɪəs] adj.
惡毒的

**maleficent**

[mə`lɛfəsnt] adj.
邪惡的

This *villain* is so charismatic that all of the fans love him.
這個反派角色太有魅力了，所有的粉絲都愛他。

# 維基百科

**encyclopaedia**

[ɪnˏsaɪkləˋpidɪə] n.
百科全書

**dictionary**

[ˋdɪkʃənˏɛrɪ] n.
字典

**information**

[ˌɪnfɚ`meʃən] n.
資訊

**multilingual**

[`mʌltɪ`lɪŋgwəl] adj.
使用多種語言的

**collaboratively**

[kə`læbərətɪvlɪ] adv.
合作地

**edit**

[`ɛdɪt] v.
編輯

**knowledge**

[`nɑlɪdʒ] n.
知識

**website**

[`wɛbˌsaɪt] n.
網站

**neutral**

[`njutrəl] adj.
中立的

**database**

[`detəˌbes] n.
資料庫

◇◇◇◇◇◇◇◇◇◇◇◇◇◇◇◇◇◇◇◇◇◇◇◇◇◇◇◇◇◇◇◇◇◇◇◇◇◇◇◇

When you do research, you can't just copy the ***information*** from Wikipedia.
當你做報告的時候，不能只是複製貼上維基百科的資料。

# 面具之下

**fraud**

[frɔd] n.
欺騙

**pretend**

[prɪˋtɛnd] v.
假裝

**hypocrite**

[`hɪpəkrɪt] n.
偽善者

**dishonesty**

[dɪs`ɑnɪstɪ] n.
不誠實

**scam**

[`skæm] n.
騙局

**varnish**

[`vɑrnɪʃ] v.
掩飾

**mask**

[mæsk] v.
偽裝

**counterfeit**

[`kaʊntɚ͵fɪt] adj.
假裝的

**hypocritical**

[͵hɪpə`krɪtɪk!] adj.
虛偽的

**unconvincing**

[͵ʌnkən`vɪnsɪŋ] adj.
無法使人信服的

◇◇◇◇◇◇◇◇◇◇◇◇◇◇◇◇◇◇◇◇◇◇◇◇◇◇◇◇◇◇◇◇◇◇◇◇◇◇◇◇◇◇◇◇◇◇◇◇◇◇◇◇◇◇◇◇◇◇◇◇◇◇◇◇◇◇

You have to be careful about the news you see online, a lot of it is dishonest and ***hypocritical***.
你一定要小心網路上的各種消息，很多消息都是不實的。

# 網路紅人

**influencer**

[ˋɪnflʊənsɚ] n.
網紅

**social media**

[ˋsoʃəl][ˋmidɪə] ph.
社群媒體

**famous**

[`feməs] adj.
出名的

**popularity**

[ˌpɑpjə`lærətɪ] n.
流行

**celebrity**

[sɪ`lɛbrətɪ] n.
名人

**fame**

[fem] n.
名氣

**advertorial**

[ˌædvɝ`torɪəl] n.
業配

**subscribe**

[səb`skraɪb] v.
訂閱

**donate**

[`donet] v.
捐贈

**Internet**

[`ɪntɚˌnɛt] n.
網際網路

◇◇◇◇◇◇◇◇◇◇◇◇◇◇◇◇◇◇◇◇◇◇◇◇◇◇◇◇◇◇◇◇◇◇◇◇◇◇◇◇◇◇◇◇◇◇◇◇◇◇◇◇◇◇◇◇◇◇

In recent times, a lot of kids don't want to be doctors or firefighters. They just want to be ***influencers*** and YouTubers.
現在的小孩所憧憬的職業已經不是醫生和消防員，而是網紅和 YouTubers。

# 曼巴精神

**mamba**

[`mambə] n.
非洲毒蛇

**mentality**

[mɛn`tælətɪ] n.
精神性

**spirit**

[ˋspɪrɪt] n.
精神

**perseverance**

[ˌpɝsəˋvɪrəns] n.
堅持不懈

**most valuable player (MVP)**

[most][ˋvæljʊəb!][ˋpleɚ] n.
最有價值球員

**epithet**

[ˋɛpɪθɛt] n.
稱號

**eternal**

[ɪˋtɝn!] adj.
永恆的

**insightful**

[ˋɪnˌsaɪtfəl] adj.
具洞察力的

**exceptional**

[ɪkˋsɛpʃən!] adj.
卓越的

**superstar**

[ˋsupɚˌstɑr] n.
超級巨星

◇◇◇◇◇◇◇◇◇◇◇◇◇◇◇◇◇◇◇◇◇◇◇◇◇◇◇◇◇◇◇◇◇◇◇◇◇◇◇◇◇◇◇◇◇◇◇◇◇

You have to use the ***mamba mentality*** in everything you do.
你必須在做每件事情上保有曼巴精神。

# 旅遊篇

# 出國必備

**passport**

[ˋpæsˏport] n.
護照

**visa**

[ˋvizə] n.
簽證

**cash**

[kæʃ] n.
現金

**medicine**

[`mɛdəsn] n.
藥

**itinerary**

[aɪ`tɪnə͵rɛrɪ] n.
旅行指南

**credit card**

[`krɛdɪt][kɑrd] n.
信用卡

**charger**

[`tʃɑrdʒɚ] n.
充電器

**power bank**

[`paʊɚ][bæŋk] n.
行動電源

**insurance**

[ɪn`ʃʊrəns] n.
保險

**earplug**

[`ɪr͵plʌg] n.
耳塞

Amy had already been at the airport for 2 hours before she realized she forgot her ***passport***.
在意識到自己忘記帶護照之前，Amy 已經在機場待了兩個小時。

# 換匯領錢

**deposit**

[dɪ`pɑzɪt] v.
存錢

**withdraw**

[wɪð`drɔ] v.
領錢

**remit**

[rɪˋmɪt] v.
匯錢

**exchange rate**

[ɪksˋtʃendʒ][ret] n.
匯率

**commission**

[kəˋmɪʃən] n.
手續費

**receive**

[rɪˋsiv] v.
收款

**account**

[əˋkaʊnt] n.
帳戶

**arrange**

[əˋrendʒ] v.
安排

**transfer**

[trænsˋfɝ] v.
轉帳

**exchange**

[ɪksˋtʃendʒ] v.
匯兌

◇◇◇◇◇◇◇◇◇◇◇◇◇◇◇◇◇◇◇◇◇◇◇◇◇◇◇◇◇◇◇◇◇◇◇◇◇◇◇◇◇◇◇◇◇◇◇◇◇◇◇◇◇◇◇◇◇◇◇◇◇◇◇◇

Why do I always ***withdraw*** money faster than I can deposit it?
為什麼領錢的速度總是大於存錢的速度？

# 我就怕

**aerophobia**

[`ɛrə`fobɪə] n.
飛行恐懼症

**zoophobia**

[ˏzoə`fobɪə] n.
動物恐懼症

**acrophobia**

[ˌækrəˋfobɪə] n.
懼高症

**claustrophobia**

[ˌklɔstrəˋfobɪə] n.
幽閉恐懼症

**agoraphobia**

[ˌægərəˋfobɪə] n.
公共空間恐懼症

**trypophobia**

[ˌtrɪpəuˋfoubɪə] n.
密集恐懼症

**social phobia**

[ˋsoʃəl][ˋfobɪə] n.
社交恐懼症

**nomophobia**

[nomoˋfobɪə] n.
無手機恐慌症

**nyctophobia**

[ˌnɪktəˋfobɪə] n.
懼黑症

**gamophobia**

[gæmoˋfobɪə] n.
結婚恐懼症

---

Iris has ***nomophobia***. She forgot her phone and almost had a panic attack for all the morning.
Iris 不能沒有手機，忘記帶手機讓她整個早上心慌意亂。

# 進房前敲三下

**superstition**

[ˌsupɚ`stɪʃən] n.
迷信

**belief**

[bɪ`lif] n.
信仰

**unscientific**

[ˌʌnsaɪən`tɪfɪk] adj.
不科學的

**supernatural**

[ˌsupɚ`nætʃərəl] adj.
超自然的

**irrational**

[ɪ`ræʃən!] adj.
不合理的

**spooky**

[`spukɪ] adj.
幽靈般的

**cultural difference**

[`kʌltʃərəl][`dɪfərəns] ph.
文化差異

**macabre**

[mə`kɑbɚ] adj.
令人毛骨悚然的

**terrify**

[`tɛrəˌfaɪ] v.
使恐怖

**superstitious**

[ˌsupɚ`stɪʃəs] adj.
迷信的

◇◇◇◇◇◇◇◇◇◇◇◇◇◇◇◇◇◇◇◇◇◇◇◇◇◇◇◇◇◇◇◇◇◇◇◇◇◇◇◇◇◇◇◇◇◇◇◇◇◇◇◇◇◇◇◇

I will always knock on the hotel door before I enter the room because I'm ***superstitious***.
我進旅館房間前都會敲門，因為我有點迷信。

# 小賭怡情

**gamble**

[`gæmb!] n.
賭博

**casino**

[kə`sino] n.
賭場

**dealer**

[`dilɚ] n.
荷官

**lottery**

[`lɑtərɪ] n.
彩券

**token**

[`tokən] n.
籌碼

**gambler**

[`gæmb!ɚ] n.
賭徒

**bet**

[bɛt] v.
打賭

**risk**

[rɪsk] n.
風險

**exciting**

[ɪk`saɪtɪŋ] adj.
刺激的

**fortune**

[`fɔrtʃən] n.
運氣

◇◇◇◇◇◇◇◇◇◇◇◇◇◇◇◇◇◇◇◇◇◇◇◇◇◇◇◇◇◇◇◇◇◇◇◇◇◇◇◇◇◇◇◇◇◇◇◇◇◇◇◇◇◇◇◇◇◇◇

Josh ***gambled*** away all his money.
Josh 把錢全都輸光了。

# 就是要自拍

**selfie**

[`sɛlfɪ] n.
自拍

**shitpost**

[ʃɪtpost] n.
廢文

**overshare**

[`ovɚʃɛr] v.
洗版

**untag**

[ən`tæg] v.
取消標記

**check in**

[tʃɛk][ɪn] ph.
打卡

**selfie stick**

[`sɛlfɪ][stɪk] n.
自拍棒

**photobomb**

[`fotobɑm] v.
拍照亂入

**filter**

[`fɪltɚ] n.
濾鏡

**flattering photo**

[`flætərɪŋ][`foto] n.
照騙

**photogenic**

[ˌfotə`dʒɛnɪk] adj.
上相的

◇◇◇◇◇◇◇◇◇◇◇◇◇◇◇◇◇◇◇◇◇◇◇◇◇◇◇◇◇◇◇◇◇◇◇◇◇◇◇◇◇◇◇◇◇◇◇◇◇◇◇◇◇◇◇◇

All of the girls who post ***selfies*** of themselves crying just want attention.
每個女孩發她們正在哭的自拍都是想要得到關注。

# 不太舒服

**sneeze**

[sniz] v.
打噴嚏

**cough**

[kɔf] v.
咳嗽

**dizzy**

[`dɪzɪ] adj.
頭暈目眩的

**faint**

[fent] v.
暈倒

**allergy**

[`æləˑdʒɪ] n.
過敏

**fever**

[`fivəˑ] n.
發燒

**dyspnea**

[dɪsp`niə] n.
呼吸困難

**runny nose**

[`rʌnɪ] [noz] ph.
流鼻水

**stuffy nose**

[`sʌfɪ][noz] ph.
鼻塞

**itchy throat**

[`ɪtʃɪ][θrot] ph.
喉嚨癢

◇◇◇◇◇◇◇◇◇◇◇◇◇◇◇◇◇◇◇◇◇◇◇◇◇◇◇◇◇◇◇◇◇◇◇◇◇◇◇◇◇◇◇◇◇◇◇◇◇◇◇◇◇◇◇◇◇◇◇◇◇◇

I think I have an allergy to Ken because I always have a ***runny nose*** and cough when I'm with him.
我覺得我對 Ken 過敏，因為只要我跟他在一起，我總是流鼻涕和咳嗽。

# 超市常買

**instant noodles**

[`ɪnstənt][`nudlz] n.
泡麵

**fast food**

[fæst][fud] n.
速食

**cereal**

[`sɪrɪəl] n.
麥片

**dairy**

[`dɛrɪ] n.
乳製品

**snack**

[snæk] n.
零食

**daily necessity**

[`delɪ][nə`sɛsətɪ] n.
日用品

**chip**

[tʃɪp] n.
洋芋片

**magazine**

[ˌmægə`zin] n.
雜誌

**cigarette**

[ˌsɪgə`rɛt] n.
香菸

**beverage**

[`bɛvərɪdʒ] n.
飲料

◇◇◇◇◇◇◇◇◇◇◇◇◇◇◇◇◇◇◇◇◇◇◇◇◇◇◇◇◇◇◇◇◇◇◇◇◇◇◇◇◇◇◇◇

I'm getting so fat that is because I can't help buying the new ***snacks*** every time I go to 7-11.
我會這麼胖是因為每次去 7-11 時都忍不住想買零食。

# 美食篇

# 太好吃啦

**delicious**

[dɪ`lɪʃəs] adj.

美味的

**tasty**

[`testɪ] adj.

美味的

**palatable**

[`pælətəb!] adj.
美味的

**yummy**

[`jʌmɪ] adj.
美味的

**delectable**

[dɪ`lɛktəb!] adj.
美味的

**delightful**

[dɪ`laɪtfəl] adj.
美味的

**appetizing**

[`æpə͵taɪzɪŋ] adj.
美味的

**mouthwatering**

[maʊθ`wɔtɚɪŋ] adj.
美味的

**toothsome**

[`tuθsəm] adj.
美味的

**luscious**

[`lʌʃəs] adj.
美味的

◇◇◇◇◇◇◇◇◇◇◇◇◇◇◇◇◇◇◇◇◇◇◇◇◇◇◇◇◇◇◇◇◇◇◇◇◇◇◇◇◇◇◇◇◇◇◇

He was drooling, so I think this food must be ***delectable***.
看到他口水直流，我想這道食物一定非常美味。

# 餓到併軌

**peckish**

[`pɛkɪʃ] adj.

一點點餓

**munchies**

[`mʌntʃɪz] n.

嘴饞

**ravenous**

[`rævɪnəs] adj.
非常餓

**famished**

[`fæmɪʃt] adj.
超級餓

**starving**

[`stɑrvɪŋ] adj.
飢餓的

**hangry**

[`hæŋgrɪ] adj.
餓到生氣

**water**

[`wɔtɚ] v.
流口水

**crave**

[krev] v.
渴望

**rumble**

[`rʌmb!] v.
肚子叫

**glutton**

[`glʌtn] n.
貪吃鬼

◇◇◇◇◇◇◇◇◇◇◇◇◇◇◇◇◇◇◇◇◇◇◇◇◇◇◇◇◇◇◇◇◇◇◇◇◇◇◇◇◇◇◇◇◇◇◇◇◇◇◇◇◇

Losing weight is always a tomorrow thing, I'm ***ravenous*** now!
減肥是明天的事情，我快餓死了！

# 爆吃一波

**pig out**

[pɪg][aʊt] v.
大吃特吃

**guzzle down**

[`gʌz!][daʊn] v.
狼吞虎嚥

**gnaw**

[nɔ] v.
啃

**devour**

[dɪˋvaʊr] v.
狼吞虎嚥地吃

**gorge on**

[gɔrdʒ][ɑn] ph.
爆食

**swallow**

[ˋswɑlo] v.
吞

**masticate**

[ˋmæstəˏket] v.
咀嚼

**foodie**

[fudɪ] n.
吃貨

**swig**

[swɪg] v.
豪飲

**choke down**

[tʃok][daʊn] ph.
勉強嚥下口

◇◇◇◇◇◇◇◇◇◇◇◇◇◇◇◇◇◇◇◇◇◇◇◇◇◇◇◇◇◇◇◇◇◇◇◇◇◇◇◇◇◇◇◇◇◇◇◇◇◇◇◇◇◇◇◇◇◇◇◇◇◇◇◇◇◇◇

Ivy saw him ***devour*** that stinky tofu, and it made her want to eat some too.
看他狼吞虎嚥地吃著臭豆腐，Ivy 也想要來一點。

# 什麼味道

**flavor**

[`flevɚ] n.
味道

**scent**

[sɛnt] n.
氣味

**bitter**

[`bɪtɚ] adj.
苦的

**sweet**

[swit] adj.
甜的

**sour**

[`saʊr] adj.
酸的

**spicy**

[`spaɪsɪ] adj.
辛辣的

**salt**

[sɔlt] adj.
鹹的

**fragrant**

[`fregrənt] adj.
香的

**smelly**

[`smɛlɪ] adj.
臭的

**malodorous**

[mæl`odərəs] adj.
惡臭的

◇◇◇◇◇◇◇◇◇◇◇◇◇◇◇◇◇◇◇◇◇◇◇◇◇◇◇◇◇◇◇◇◇◇◇◇◇◇◇◇◇◇◇◇◇◇◇◇◇◇◇◇◇◇◇◇◇◇◇◇◇◇

Stinky tofu is so ***malodorous*** that foreigners always gag at the smell.
臭豆腐的惡臭總是使外國人作嘔。

# 醬剛剛好

**ketchup**

[ˋkɛtʃəp] n.
番茄醬

**mayonnaise**

[ˏmeəˋnez] n.
美乃滋

**mustard**

[ˋmʌstɚd] n.
芥末醬

**soy sauce**

[sɔɪ][sɔs] n.
醬油

**vinegar**

[ˋvɪnɪgɚ] n.
醋

**sweet chili sauce**

[swit][ˋtʃɪli][sɔs] n.
甜辣醬

**chili sauce**

[ˋtʃɪlɪ][sɔs] n.
辣椒醬

**barbecue sauce**

[ˋbɑrbɪkju][sɔs] n.
烤肉醬

**honey mustard**

[ˋhʌnɪ][ˋmʌstɚd] n.
蜂蜜芥末醬

**Japanese dressing**

[ˏdʒæpəˋniz][ˋdrɛsɪŋ] n.
和風醬

◇◇◇◇◇◇◇◇◇◇◇◇◇◇◇◇◇◇◇◇◇◇◇◇◇◇◇◇◇◇◇◇◇◇◇◇◇◇◇◇◇◇◇◇◇◇◇◇◇◇◇◇◇◇◇◇

Never put ***ketchup*** on pizzas! Tomato sauce only.
絕對不要在披薩上加番茄醬，只能用番茄醬汁。

# 是甜食控

**sweet tooth**

[swit][tuθ] n.
嗜食甜品者

**ant**

[ænt] n.
螞蟻

**sugar**

[`ʃʊgɚ] v.
加糖於

**dessert**

[dɪ`zɝt] n.
甜點

**affection**

[ə`fɛkʃən] n.
鍾愛

**calorie**

[`kælərɪ] n.
熱量

**happiness**

[`hæpɪnɪs] n.
幸福

**confectionery**

[kən`fɛkʃənˌɛrɪ] n.
甜食

**pastry**

[`pestrɪ] n.
糕點

**teatime**

[`tiˌtaɪm] n.
下午茶

I like my pearl milk tea with full ***sugar***.
我喝珍珠奶茶都選擇全糖。

# 我吃飽了

**burp**

[bɝp] V.
打嗝（飽嗝）

**hiccup**

[ˋhɪkəp] V.
打嗝

**satisfied**

[ˋsætɪsˏfaɪd] adj.
滿足的

**stuffed**

[stʌft] adj.
吃飽的

**dozy**

[ˋdozɪ] adj.
想睡的

**stretch**

[strɛtʃ] n.
伸懶腰

**yawn**

[jɔn] v.
打哈欠

**food baby**

[fud][ˋbebɪ] n.
吃飽凸肚子

**digestion**

[dəˋdʒɛstʃən] n.
消化

**beer belly**

[bɪr][ˋbɛlɪ] n.
啤酒肚

Albert's ***food baby*** is as big as a 7 months pregnant woman's.
Albert 吃飽後的肚子跟懷胎七個月的孕婦一樣大。

# 大胃王料理

**immense**

[ɪˋmɛns] adj.
巨大的

**enormous**

[ɪˋnɔrməs] adj.
巨大的

**gigantic**

[dʒaɪˋgæntɪk] adj.
巨大的

**mammoth**

[ˋmæməθ] adj.
巨大的

**gargantuan**

[gɑrˋgæntʃʊən] adj.
巨大的

**huge**

[hjudʒ] adj.
巨大的

**titanic**

[taɪˋtænɪk] adj.
巨大的

**tremendous**

[trɪˋmɛndəs] adj.
巨大的

**ginormous**

[dʒaɪˋnɔrməs] adj.
巨大的

**humongous**

[hjuˋmɑŋgəs] adj.
巨大的

When I watch my dad sleep, his belly looks like a ***gigantic*** mountain moving up and down.
當我看著我爸睡覺時，他的肚子就像一座巨大的山，上下起伏。

# 有點挑食

**bitter melon**

[`bɪtɚ][`mɛlən] n.
苦瓜

**taro**

[`tɑro] n.
芋頭

**eggplant**

[ˋɛgˏplænt] n.
茄子

**pumpkin**

[ˋpʌmpkɪn] n.
南瓜

**cilantro**

[sɪˋlæntro] n.
香菜

**carrot**

[ˋkærət] n.
紅蘿蔔

**onion**

[ˋʌnjən] n.
洋蔥

**garlic chives**

[ˋgɑrlɪk][tʃaɪvz] n.
韭菜

**green pepper**

[grin][ˋpɛpɚ] n.
青椒

**celery**

[ˋsɛlərɪ] n.
芹菜

Amber is not a picky eater, but she doesn't like green vegetables and ***carrots***.
Amber 不挑食，但她不喜歡綠色的蔬菜和紅蘿蔔。

# 素食主義

**vegan**

[ˋvɛgən] n.
純素食者

**vegetarianism**

[ˏvɛdʒəˋtɛrɪənɪzəm] n.
素食主義

**vegetarian**

[ˌvɛdʒə`tɛrɪən] n.
蛋奶素食者

**healthy**

[`hɛlθɪ] adj.
健康的

**vegetable**

[`vɛdʒətəb!] n.
蔬菜

**observe**

[əb`zɝv] v.
遵守

**tradition**

[trə`dɪʃən] n.
傳統

**abstain**

[əb`sten] v.
戒

**ethical**

[`ɛθɪk!] adj.
道德的

**principle**

[`prɪnsəp!] n.
原則

◇◇◇◇◇◇◇◇◇◇◇◇◇◇◇◇◇◇◇◇◇◇◇◇◇◇◇◇◇◇◇◇◇◇◇◇◇◇◇◇◇◇◇◇◇◇◇◇◇◇◇◇◇◇◇◇

I'm a ***vegan*** when there's no meat to eat.
在沒有肉吃的時候，我是個素食主義者。

LEFT
RIGHT

# 娛樂篇

# 只要一追劇

**binge-watch**

[bɪndʒ`watʃ] v.
追劇

**phenomenon**

[fə`naməˌnan] n.
現象

**insomnia**

[ɪn`sɑmnɪə] n.
失眠

**fascinated**

[`fæsn͵etɪd] adj.
著迷的

**addict**

[ə`dɪkt] v.
使成癮

**unstoppable**

[ʌn`stɑpəb!] adj.
擋不住的

**hyper**

[`haɪpɚ] adj.
亢奮的

**body clock**

[`bɑdɪ][klɑk] n.
生理時鐘

**television series**

[`tɛlə͵vɪʒən][`siriz] n.
影集

**inextricable**

[ɪn`ɛkstrɪkəb!] adj.
無法自拔

◇◇◇◇◇◇◇◇◇◇◇◇◇◇◇◇◇◇◇◇◇◇◇◇◇◇◇◇◇◇◇◇◇◇◇◇◇◇◇◇◇◇◇◇◇◇◇◇◇◇◇◇◇◇◇◇◇◇◇◇

Every time Lucas goes home, he's so addicted to ***binge-watching*** that he always forgets taking off his backpack.
Lucas 回到家時總是沉迷於追劇，每次都忘記把書包放下來。

# 健人是我

**work out**

[wɝk][aʊt] ph.
健身

**abdominal muscle**

[æb`dɑmən!][`mʌs!] n.
腹肌

**weight training**

[wet][`trenɪŋ] n.
重訓

**ripped**

[rɪpt] adj.
線條分明的

**lean**

[lin] adj.
精瘦的

**muscular**

[`mʌskjələ-] adj.
肌肉發達的

**swole**

[`swolə] adj.
肌肉結實的

**V shape**

[vi][ʃep] n.
人魚線

**squat**

[skwɑt] n.
深蹲

**warm up**

[wɔrm][ʌp] ph.
暖身

◇◇◇◇◇◇◇◇◇◇◇◇◇◇◇◇◇◇◇◇◇◇◇◇◇◇◇◇◇◇◇◇◇◇◇◇◇◇◇◇◇◇◇◇◇◇◇◇◇◇◇◇◇◇◇◇◇◇◇◇

I have to get ***swole*** so that the girls will notice me.
我必須把身材練得很壯，這樣才會有女生注意到我。

# 大玩特玩

**extreme sports**

[ɪk`strim][spɔrts] n.
極限運動

**skydiving**

[`skaɪˏdaɪvɪŋ] n.
跳傘

**snorkeling**

[`snɔrk!ɪŋ] n.
浮潛

**surfing**

[`sɝfɪŋ] n.
衝浪

**mountain-climbing**

[`maʊntn`klaɪmɪŋ] n.
登山

**skiing**

[skiɪŋ] n.
滑雪

**snowboarding**

[sno`bordɪŋ] n.
滑雪（板）

**rock climbing**

[rɑk][klaɪmɪŋ] n.
攀岩

**bungee jumping**

[bʌndʒi][`dʒʌmpɪŋ] n.
高空彈跳

**rafting**

[`ræftɪŋ] n.
泛舟

◇◇◇◇◇◇◇◇◇◇◇◇◇◇◇◇◇◇◇◇◇◇◇◇◇◇◇◇◇◇◇◇◇◇◇◇◇◇◇◇

When I went ***skydiving***, I was so scared I almost peed my pants.
我之前去跳傘的時候，嚇到差點尿在褲子上。

# 無酒不歡

**alcohol**

[ˋælkəˏhɔl] n.
酒精

**alcoholic**

[ˏælkəˋhɔlɪk] n.
酒精成癮者

**sober**

[ˋsobɚ] v.
醒酒

**hangover**

[ˋhæŋˏovɚ] n.
宿醉

**hammered**

[ˋhæmɚd] adj.
爛醉的

**tipsy**

[ˋtɪpsɪ] adj.
微醺的

**drunk**

[drʌŋk] adj.
喝醉的

**black out**

[blæk][aʊt] ph.
斷片

**vomit**

[ˋvɑmɪt] v.
嘔吐

**alcoholism**

[ˋælkəhɔlˏɪzəm] n.
酗酒

◇◇◇◇◇◇◇◇◇◇◇◇◇◇◇◇◇◇◇◇◇◇◇◇◇◇◇◇◇◇◇◇◇◇◇◇◇◇◇◇◇◇◇◇◇◇◇◇◇◇◇◇◇◇◇◇

For him, the difference between ***tipsy*** and hammered is only one cup.
對他來說，微醺跟爛醉間只有一杯之差。

# 動物森友會

**anthropomorphic**

[ˌænθrəpə`mərfɪk] adj.
擬人的

**simulation**

[ˌsɪmjə`leʃən] n.
模擬

**autonomy**

[ɔˋtɑnəmɪ] n.
自治

**resident**

[ˋrɛzədənt] n.
居民

**turnip**

[ˋtɝnɪp] n.
大頭菜

**fishing**

[ˋfɪʃɪŋ] n.
釣魚

**plant**

[plænt] v.
栽種

**breed**

[brid] v.
培育

**collect**

[kəˋlɛkt] v.
蒐集

**open-ended**

[ˋopənˏɛndɪd] adj.
開放式的

◇◇◇◇◇◇◇◇◇◇◇◇◇◇◇◇◇◇◇◇◇◇◇◇◇◇◇◇◇◇◇◇◇◇◇◇◇◇◇◇◇◇◇◇◇◇◇◇◇◇◇◇◇◇◇◇◇◇◇◇◇◇◇◇

You haven't play Animal Crossing? It is a life-*simulation* video game.
你沒玩過動物森友會？它是一款模擬生活的電玩。

# 我都想看

**comedy**

[`kɑmədɪ] n.
喜劇片

**crime**

[kraɪm] n.
犯罪片

**drama**

[`drɑmə] n.
劇情片

**horror**

[`hɔrɚ] n.
恐怖片

**thriller**

[`θrɪlɚ] n.
驚悚片

**animation**

[ˌænə`meʃən] n.
動畫片

**musical**

[`mjuzɪk!] n.
音樂片

**documentary**

[ˌdɑkjə`mɛntərɪ] n.
記錄片

**biopic**

[`baɪopɪk] n.
傳記片

**science fiction**

[`saɪəns][`fɪkʃən] n.
科幻片

◇◇◇◇◇◇◇◇◇◇◇◇◇◇◇◇◇◇◇◇◇◇◇◇◇◇◇◇◇◇◇◇◇◇◇◇◇◇◇◇◇◇◇◇◇◇◇◇

For being such a serious person, you wouldn't think that his favorite movie genre is ***animations***.
你無法想像一個嚴肅的人最愛的電影類型是動畫。

# 打牌必知

**spade**

[sped] n.
黑桃

**heart**

[hɑrt] n.
紅心

## club

[klʌb] n.
梅花

## diamond

[`daɪəmənd] n.
方塊

## straight flush

[stret][flʌʃ] n.
同花順

## four of a kind

[for][ɑv][ə][kaɪnd] n.
鐵支

## full house

[fʊl][haʊs] n.
葫蘆

## flush

[flʌʃ] n.
同花

## pair

[pɛr] n.
對子

## straight

[stret] n.
順子

I thought that I was for sure going to win with my straight flush, but his ***straight flush*** trumpd mine.
我本來以為我的同花順贏定了，沒想到他也是同花順，還比我大。

# 童話故事

**fairy tale**

[ˋfɛrɪ][tel] n.
童話

**narrative**

[ˋnærətɪv] n.
故事

**edification**

[ˌɛdəfə`keʃən] n.
啟發

**meaning**

[`minɪŋ] n.
含義

**pure**

[pjʊr] adj.
純潔的

**folk**

[fok] adj.
民間的

**fictitious**

[fɪk`tɪʃəs] adj.
虛構的

**educational**

[ˌɛdʒʊ`keʃən!] adj.
有教育意義的

**worldwide**

[`wɝldˌwaɪd] adj.
遍及全球的

**snow-white**

[`sno`hwaɪt] adj.
雪白的

◇◇◇◇◇◇◇◇◇◇◇◇◇◇◇◇◇◇◇◇◇◇◇◇◇◇◇◇◇◇◇◇◇◇◇◇◇◇◇◇◇◇◇◇◇◇◇◇◇◇◇◇◇◇◇◇

Even though ***fairy tales*** are all fictitious, there are a lot of educational points within them.
雖然童話故事都是虛構的，但是富有教育意義。

# 老人休閒

**chess**

[tʃɛs] n.
象棋

**tea**

[ti] n.
茶

**brew**

[bru] v.
泡（茶）

**stroll**

[strol] v.
散步

**hike**

[haɪk] v.
健行

**garden**

[`gɑrdn] v.
從事園藝

**calligraphy**

[kə`lɪgrəfɪ] n.
書法

**handicraft**

[`hændɪˏkræft] n.
手工藝

**baking**

[`bekɪŋ] n.
烘焙

**volunteer**

[ˏvɑlən`tɪr] n.
義工

◇◇◇◇◇◇◇◇◇◇◇◇◇◇◇◇◇◇◇◇◇◇◇◇◇◇◇◇◇◇◇◇◇◇◇◇◇◇◇◇

Jason wakes up at 3 o'clock and ***brews*** tea every day like my grandma does.
Jason 早上三點就起床並且泡茶喝，像極了我阿嬤的生活。

# 來玩桌遊

**board game**

[bord][gem] n.
桌遊

**puzzle**

[`pʌz!] n.
智力競賽

**variety**

[və`raɪətɪ] n.
多樣化

**strategy**

[`strætədʒɪ] n.
策略

**contest**

[kən`tɛst] v.
競爭

**collaborate**

[kə`læbə͵ret] v.
合作

**calculating**

[`kælkjə͵letɪŋ] adj.
會算計的

**cunning**

[`kʌnɪŋ] adj.
狡猾的

**scheming**

[`skimɪŋ] adj.
詭計多端的

**competitive**

[kəm`pɛtətɪv] adj.
競爭的

◇◇◇◇◇◇◇◇◇◇◇◇◇◇◇◇◇◇◇◇◇◇◇◇◇◇◇◇◇◇◇◇◇◇◇◇◇◇◇◇◇◇◇◇◇◇◇◇◇◇◇◇◇◇◇◇◇

Brown loves playing ***board games***. But every time he loses, he flips the board.
Brown 喜歡玩桌遊，但每一次他輸時都會翻桌。

話題篇

# 人民意識

**boycott**

[ˋbɔɪˏkɑt] v.

聯合抵制

**awareness**

[əˋwɛrnɪs] n.

意識

**strike**

[straɪk] n.
罷工

**moral**

[`mɔrəl] n.
道德規範

**revolution**

[ˌrɛvə`luʃən] n.
革命

**freedom**

[`fridəm] n.
自由權

**Populism**

[`pɑpjəlɪzm] n.
民粹主義

**voluntary**

[`vɑlənˌtɛrɪ] adj.
自願的

**collective**

[kə`lɛktɪv] adj.
集體的

**nonviolent**

[ˌnɑn`vaɪələnt] adj.
非暴力的

◇◇◇◇◇◇◇◇◇◇◇◇◇◇◇◇◇◇◇◇◇◇◇◇◇◇◇◇◇◇◇◇◇◇◇◇◇◇◇◇◇◇◇◇◇◇◇◇◇◇◇◇◇◇◇◇◇◇◇◇◇◇◇◇

It is the right of all humans to stand up and ***strike*** for their beliefs in order to attain a collective freedom.
為了實現集體自由，人人有權利站起來並為自己所相信的事物奮鬥。

# 政商勾結

**bribe**

[braɪb] n.
賄賂

**corruption**

[kə`rʌpʃən] n.
腐敗

**embezzle**

[ɪm`bɛz!] v.
貪汙

**collude**

[kə`lud] v.
共謀

**plot**

[plɑt] v.
密謀

**manipulate**

[mə`nɪpjə͵let] v.
操縱

**politician**

[͵pɑlə`tɪʃən] n.
政客

**shameless**

[`ʃemlɪs] adj.
無恥的

**contemptible**

[kən`tɛmptəb!] adj.
卑劣的

**corrupt**

[kə`rʌpt] adj.
墮落的

◇◇◇◇◇◇◇◇◇◇◇◇◇◇◇◇◇◇◇◇◇◇◇◇◇◇◇◇◇◇◇◇◇◇◇◇◇◇◇◇◇◇◇◇◇◇◇◇◇◇◇◇◇◇◇◇◇◇◇◇◇◇

Wow! $700 million had been ***embezzled*** by the politician.
哇！這個政客貪了 7 億。

# 宗教信仰

**religion**

[rɪ`lɪdʒən] n.
宗教

**Buddhism**

[`bʊdɪzəm] n.
佛教

**Christianity**

[ˏkrɪstʃɪˋænətɪ] n.
基督教

**Catholicism**

[kəˋθɑləˏsɪzəm] n.
天主教

**Islam**

[ˋɪsləm] n.
伊斯蘭教

**Hinduism**

[ˋhɪnduˏɪzəm] n.
印度教

**Taoism**

[ˋtaʊˏɪzəm] n.
道教

**Judaism**

[ˋdʒudɪˏɪzəm] n.
猶太教

**atheist**

[ˋeθɪɪst] n.
無神論者

**spiritual**

[ˋspɪrɪtʃʊəl] adj.
心靈的

◇◇◇◇◇◇◇◇◇◇◇◇◇◇◇◇◇◇◇◇◇◇◇◇◇◇◇◇◇◇◇◇◇◇◇◇◇◇◇◇◇◇◇◇◇◇◇◇◇◇◇◇◇◇◇◇

It doesn't matter if you believe in ***Christianity***, Buddhism, Judaism, or Islam, as long as we respect and love each other, we can accomplish a lot!
我們應該尊重每一個人，不管他們的宗教信仰為何。

# 種族歧視

**racism**

[ˋresɪzəm] n.
種族歧視

**superiority**

[səˏpɪrɪˋɔrətɪ] n.
優越

**antagonism**

[æn`tægəˏnɪzəm] n.
敵意

**discrimination**

[dɪˏskrɪmə`neʃən] n.
歧視

**ethnicity**

[ɛθ`nɪsɪtɪ] n.
種族地位

**inherently**

[ɪn`hɪrəntlɪ] adv.
天性地

**aversion**

[ə`vɝʃən] n.
反感

**concept**

[`kɑnsɛpt] n.
觀念

**inequality**

[ɪnɪ`kwɑlətɪ] n.
不平等

**equal**

[`ikwəl] adj.
平等的

◇◇◇◇◇◇◇◇◇◇◇◇◇◇◇◇◇◇◇◇◇◇◇◇◇◇◇◇◇◇◇◇◇◇◇◇◇◇◇◇◇◇◇◇◇◇◇◇◇◇◇◇◇◇

***Inequality*** exists everywhere.
不公平無所不在。

# 領養代替購買

**adopt**

[ə`dɑpt] v.
收養

**stray**

[stre] adj.
流浪的

**abandon**

[ə`bændən] v.
丟棄

**substitute**

[`sʌbstə͵tjut] v.
替代

**purchase**

[`pɝtʃəs] v.
購買

**shelter**

[`ʃɛltɚ] n.
庇護所

**responsibility**

[rɪ͵spɑnsə`bɪlətɪ] n.
責任

**inheritance**

[ɪn`hɛrɪtəns] n.
繼承

**cherish**

[`tʃɛrɪʃ] v.
珍惜

**advocate**

[`ædvə͵ket] v.
提倡

◇◇◇◇◇◇◇◇◇◇◇◇◇◇◇◇◇◇◇◇◇◇◇◇◇◇◇◇◇◇◇◇◇◇◇◇◇◇◇◇◇◇◇◇◇◇◇◇◇◇◇◇◇◇◇◇◇◇◇◇

Please ***adopt*** abandoned strays, rather than purchasing, because every pet deserves to be in a loving home!
請以領養代替購買，因為每個寵物都值得有一個家！

# 世界地球日

**emission**

[ɪˋmɪʃən] n.
排放物

**ecosystem**

[ˋɛkoˏsɪstəm] n.
生態系統

**earth**

[ɝθ] n.
地球

**deforestation**

[ˌdifɔrəsˋteʃən] n.
砍伐森林

**conserve**

[kənˋsɝv] v.
節省

**climate**

[ˋklaɪmɪt] n.
氣候

**environment**

[ɪnˋvaɪrənmənt] n.
生態環境

**preserve**

[prɪˋzɝv] v.
維護

**recycle**

[riˋsaɪkḷ] n.
回收

**sustainability**

[səˌstenəˋbɪlɪtɪ] n.
永續性

We shouldn't only take one day to celebrate the earth. We should do something every day to live a more ***sustainable*** lifestyle.
我們不該只用一天慶祝世界地球日，而是在生活的每一天裡都做些什麼，讓地球永續下去。

# 天災人禍

**typhoon**

[taɪˋfun] n.
颱風

**hurricane**

[ˋhɝɪˏken] n.
颶風

**flood**

[flʌd] n.
水災

**tsunami**

[tsu`nɑmi] n.
海嘯

**tornado**

[tɔr`nedo] n.
龍捲風

**landslide**

[`lænd͵slaɪd] n.
土石流

**wildfire**

[`waɪld͵faɪr] n.
野火

**explosion**

[ɪk`sploʒən] n.
爆炸

**earthquake**

[`ɝθ͵kwek] n.
地震

**thunder**

[`θʌndɚ] v.
打雷

More ***hurricanes*** and more wildfires in the recent years have proven that climate change is very real.
近幾年的天災證明了氣候變遷是千真萬確的事。

# 同志平權

**Lesbian**

[`lɛzbɪən] n.
女同性戀者

**Gay**

[ge] n.
男同性戀者

**Bisexual**

[`baɪ`sɛkʃʊəl] n.
雙性戀者

**Transgender**

[træns`dʒɛndɚ] n.
跨性別者

**Queer**

[kwɪr] n.
性少數群體

**gender identity**

[`dʒɛndɚ][aɪ`dɛntətɪ] n.
性別認同

**Intersex**

[`ɪntɚ͵sɛks] n.
雙性人

**Asexual**

[e`sɛkʃʊəl] n.
無性戀

**Agender**

[e`dʒɛndɚ] adj.
無性別的

**non-binary**

[nɑn`baɪnərɪ] n.
非二次元性別

◇◇◇◇◇◇◇◇◇◇◇◇◇◇◇◇◇◇◇◇◇◇◇◇◇◇◇◇◇◇◇◇◇◇◇◇◇◇◇◇◇◇◇◇◇◇◇◇◇◇◇◇◇

***Gender*** cannot only be defined by male and female, but it must be looked at as a spectrum.
性別不能單純只能用男性和女性做分別，應該以光譜來看待。

# 他怪怪的

**pervert**

[pɚ`vɝt] n.
變態

**degenerate**

[dɪ`dʒɛnəˌrɪt] n.
色狼

**freak**

[frik] n.
怪人

**flasher**

[`flæʃɚ] n.
暴露狂

**stalker**

[`stɔkɚ] n.
跟蹤狂

**psycho**

[`saɪko] n.
精神病

**fanatic**

[fə`nætɪk] n.
狂熱分子

**kleptomania**

[ˌklɛptə`menɪə] n.
竊盜狂

**maniac**

[`menɪˌæk] n.
瘋子

**voyeur**

[vwɑ`jɝ] n.
偷窺狂

◇◇◇◇◇◇◇◇◇◇◇◇◇◇◇◇◇◇◇◇◇◇◇◇◇◇◇◇◇◇◇◇◇◇◇◇◇◇◇◇◇◇◇◇◇◇◇◇◇◇◇

He is such a ***stalker*** who always creeps on girls' IG pages and likes old pictures.
他總是偷偷地看著女生的 IG 頁面，並且在很久之前的照片點愛心，完全像是個跟蹤狂的行為。

# 謠言可畏

**rumor**

[ˋrumɚ] n.
謠言

**accusation**

[ˏækjəˋzeʃən] n.
指控

**slander**

[`slændɚ] v.
誹謗

**spread**

[sprɛd] v.
散布

**fake news**

[fek][njuz] n.
假新聞

**groundless**

[`graʊndlɪs] adj.
無根據的

**anonymous**

[ə`nɑnəməs] adj.
匿名的

**inappropriate**

[ˌɪnə`proprɪɪt] adj.
不適當的

**comment**

[`kɑmɛnt] v.
評論

**verify**

[`vɛrəˌfaɪ] v.
證實

Don't spread the ***rumor*** that I like Albee because she's the one that likes me.
不要再亂傳謠言說我喜歡 Albee 了，是她喜歡我好嗎？

# 居家檢疫

**quarantine**

[ˋkwɔrən͵tin] n.
隔離

**mask**

[mæsk] n.
口罩

**self-disciplined**

[ˌsɛlf`dɪsəplɪnd] n.
自律

**prevent**

[prɪ`vɛnt] v.
預防

**lockdown**

[lɑkdaʊn] n.
封城

**epidemic**

[ˌɛpɪ`dɛmɪk] n.
流行病

**pandemic**

[pæn`dɛmɪk] n.
全球流行病

**contagious**

[kən`tedʒəs] adj.
傳染的

**immunity**

[ɪ`mjunətɪ] n.
免疫力

**diagnose**

[`daɪəgnoz] v.
診斷

◇◇◇◇◇◇◇◇◇◇◇◇◇◇◇◇◇◇◇◇◇◇◇◇◇◇◇◇◇◇◇◇◇◇◇◇◇◇◇◇◇◇◇◇◇◇◇◇◇◇◇◇◇◇◇◇◇◇

Many countries haven't taken this ***pandemic*** seriously and the virus continues to spread.
很多國家沒有認真看待這次的流行病，以至於病毒持續地散播。

# 考考自己：還記得這些字的意思嗎？

我的同學

| | | | |
|---|---|---|---|
| nerd | ________ | class clown | ________ |
| nark | ________ | loner | ________ |
| jock | ________ | | |

忘記了嗎？趕快翻到 14 頁，複習一下吧！

去去小人走

| | | | |
|---|---|---|---|
| two-faced | ________ | blabbermouth | ________ |
| kiss-ass | ________ | scapegoat | ________ |
| fence-sitter | ________ | | |

忘記了嗎？趕快翻到 42 頁，複習一下吧！

感情狀態

| | | | |
|---|---|---|---|
| bachelor | ________ | rebound | ________ |
| bachelorette | ________ | betray | ________ |
| cheat on | ________ | | |

忘記了嗎？趕快翻到 116 頁，複習一下吧！

反正我很閒

| | | | |
|---|---|---|---|
| democratic | ________ | capitalism | ________ |
| gavel | ________ | thug | ________ |
| devil | ________ | | |

忘記了嗎？趕快翻到 162 頁，複習一下吧！

就是要自拍

| | | | |
|---|---|---|---|
| selfie | ________ | overshare | ________ |
| photobomb | ________ | shitpost | ________ |
| filter | ________ | | |

忘記了嗎？趕快翻到 192 頁，複習一下吧！

只要一追劇

| | | | |
|---|---|---|---|
| binge-watch | ________ | insomnia | ________ |
| fascinated | ________ | phenomenon | ________ |
| inextricable | ________ | | |

忘記了嗎？趕快翻到 222 頁，複習一下吧！

**種族歧視**

| | | | |
|---|---|---|---|
| racism | ________ | antagonism | ________ |
| ethnicity | ________ | discrimination | ________ |
| aversion | ________ | | |

忘記了嗎？趕快翻到 250 頁，複習一下吧！

**有點挑食**

| | | | |
|---|---|---|---|
| eggplant | ________ | taro | ________ |
| cilantro | ________ | bitter melon | ________ |
| celery | ________ | | |

忘記了嗎？趕快翻到 216 頁，複習一下吧！

**網路鄉民**

| | | | |
|---|---|---|---|
| streamer | ________ | creeper | ________ |
| lurker | ________ | netizen | ________ |
| troll | ________ | | |

忘記了嗎？趕快翻到 144 頁，複習一下吧！

曖昧讓人委屈

| | | | |
|---|---|---|---|
| grievance | ________ | friendzone | ________ |
| flirt | ________ | doubt | ________ |
| chemistry | ________ | | |

忘記了嗎？趕快翻到 118 頁，複習一下吧！

累了一整天

| | | | |
|---|---|---|---|
| dog-tired | ________ | trance | ________ |
| overwork | ________ | doze off | ________ |
| exhausted | ________ | | |

忘記了嗎？趕快翻到 50 頁，複習一下吧！

有點潔癖

| | | | |
|---|---|---|---|
| spotless | ________ | neat freak | ________ |
| perfectionist | ________ | neat | ________ |
| compel | ________ | | |

忘記了嗎？趕快翻到 82 頁，複習一下吧！

放暑假囉

| | | | |
|---|---|---|---|
| couch potato | ________ | party animal | ________ |
| sleep in | ________ | glampin | ________ |
| veg out | ________ | | |

忘記了嗎？趕快翻到 22 頁，複習一下吧！

人際關係

| | | | |
|---|---|---|---|
| buddy | ________ | soulmate | ________ |
| bestie | ________ | interpersonal | ________ |
| acquaintance | ________ | | |

忘記了嗎？趕快翻到 104 頁，複習一下吧！

進房前敲三下

| | | | |
|---|---|---|---|
| superstition | ________ | macabre | ________ |
| supernatural | ________ | superstitious | ________ |
| irrational | ________ | | |

忘記了嗎？趕快翻到 188 頁，複習一下吧！

他怪怪的

| | | | |
|---|---|---|---|
| pervert | ________ | fanatic | ________ |
| flasher | ________ | maniac | ________ |
| psycho | ________ | | |

忘記了嗎？趕快翻到 260 頁，複習一下吧！

什麼味道

| | | | |
|---|---|---|---|
| flavor | ________ | sour | ________ |
| bitter | ________ | salt | ________ |
| sweet | ________ | | |

忘記了嗎？趕快翻到 206 頁，複習一下吧！

動物森友會

| | | | |
|---|---|---|---|
| turnip | ________ | autonomy | ________ |
| resident | ________ | breed | ________ |
| anthropomorphic | ______ | | |

忘記了嗎？趕快翻到 230 頁，複習一下吧！

國家圖書館出版品預行編目資料

看 IG 學英文 / 看 IG 學英文編輯群著 . -- 初版 . --
臺北市 : 平裝本 , 2021.3 面 ; 公分 . --
( 平裝本叢書 ; 第 0516 種 )( iDO ; 103)
ISBN 978-986-99611-8-9 ( 平裝 )

1. 英語 2. 詞彙

805.12 110000605

平裝本叢書第 0516 種
iDO 103

# 看 IG 學英文

**9大單元，120個實用場合，1200個流行單字**
**透過熱搜話題、時事哏學單字，輕鬆提升字彙力！**

作　　者—看 IG 學英文編輯群
發 行 人—平雲
出版發行—平裝本出版有限公司
台北市敦化北路 120 巷 50 號
電話◎ 02-27168888
郵撥帳號◎ 18999606 號
皇冠出版社（香港）有限公司
香港銅鑼灣道 180 號百樂商業中心
19 字樓 1903 室
電話◎ 2529-1778　傳真◎ 2527-0904
總 編 輯—龔橞甄
責任編輯—黃雅群
美術設計—陳歆
著作完成日期— 2020 年 11 月
初版一刷日期— 2021 年 3 月

法律顧問—王惠光律師

讀者服務傳真專線◎ 02-27150507
電腦編號◎ 415103
ISBN ◎ 978-986-99611-8-9
Printed in Taiwan
本書定價◎新台幣 320 元 / 港幣 107 元